POR QUE INDIANA, JOÃO?

Publicado por Giz Editorial e Livraria Ltda.

Rua Capitão Rabelo, 232
Jd. São Paulo – São Paulo – SP – 02039-010
Website: www.gizeditorial.com.br
E-mail: giz@gizeditorial.com.br
Tel/Fax: (11) 3333-3059

DANILO LEONARDI

POR QUE INDIANA, JOÃO?

GIZ EDITORIAL

São Paulo, 2014

Título Original em Português: Por que Indiana, João?

Coordenação Editorial: Simone Mateus
Editor: Walter Tierno
Assistente Editorial: Taciani Ody
Revisão: Sandra Garcia Cortez
Capa: Vitor Martins
Foto do autor: Lúcia Robertti
Editoração Eletrônica: Equipe Giz Editorial
Impressão: Prol Gráfica e Editora Ltda.

Dados Internacionais de Catalogação na Publicação (CIP)
(Câmara Brasileira do Livro, SP, Brasil)

Leonardi, Danilo
Por que Indiana, João? / Danilo Leonardi. —
São Paulo : Giz Editorial, 2014.

ISBN: 978-85-7855-238-1

1. Ficção juvenil I. Título.

14-07114 CDD-028.5

Índice para Catálogo Sistemático
1. Ficção : Literatura juvenil 028.5

Impresso no Brasil / Printed in Brazil

Para meus pais

CAPÍTULO UM

Atrás de uma pilastra, sentado no chão. É onde você me encontraria, se quisesse passar o intervalo das aulas comigo, mas provavelmente não ia querer. Por quê? Sei lá. Assim é o mundo e está tudo bem por mim.

Ao meu lado está o Daniel, também conhecido como "Paraíba", mas eu não o chamo desse jeito. Ele é o único da sala que fala comigo e também é o único aluno negro da classe. Os garotos o evitam, assim como me evitam. Ele se esforça mais pra ser aceito, até usa gírias paulistas, como "mano", e disfarça seu sotaque. Mas não dá muito certo.

Eu me mudei pra essa escola no ano passado, depois de passar uns anos em Belo Horizonte, mas nasci aqui em São Paulo. O Daniel se mudou pra cá no nono ano, um ano antes de mim, mas ainda somos vistos como estranhos. Eu não ligo, porque em Minas Gerais eu também era considerado um forasteiro, então estou acostumado. Só que o Daniel era bem popular na escola de onde ele veio do Ceará, então não parece ser tão fácil pra ele.

— O que eu falo pra ela? — pergunto, coração batendo acelerado.

— Chama ela pro cinema.

— É sério, o que eu falo pra ela?

— Caramba, João, eu escrevo pra você.

Leio assim que ele me entrega o papel: "Cara dama, tu és mui bela. Por obséquio, aceitaria comparecer comigo a uma casa de filmes? Atenciosamente, João."

— Você tá louco? Ela vai achar que essa carta veio de *mil novecentos e vovó gostosa*! — eu digo, logo percebendo que minha analogia também não foi das mais atuais, mas eu sei que o problema não é o estilo da carta. Ela não aceitaria mesmo se fosse a carta perfeita, porque é assim que as coisas funcionam na minha vida. Eu poderia ser mais bonito ou mais rico e continuar sendo o cara menos atrativo do segundo ano, porque nem dinheiro nem beleza esconderiam o fato de que sou absurdamente tímido.

Garotas não gostam de meninos tímidos e vou contar como eu descobri isso. Quando eu estava ensaiando para a quadrilha na terceira série, eu era apaixonado por uma garota linda da minha sala que de vez em quando trocava olhares comigo — um pouco precoce, eu sei —, então eu disse pra professora que queria fazer par com ela para a dança. Quando os garotos começaram a gritar "*Tá apaixonado! Tá apaixonado!*", eu neguei tudo, o que fez com que a menina corresse pra fora da sala. Se eu fosse o tipo de cara que assume o que sente logo de cara, vai saber o que teria acontecido.

— Mano, tá duvidando de mim? Vou lá entregar agora! — responde Daniel.

— Não! Você tá louco? Ela vai me achar um covarde se eu te mandar lá com essa carta supostamente minha.

— Prefere entregar você mesmo?

— Tá bom, eu te espero — me rendo.

Eu não devia esperar, porque esperar não significa apenas ficar parado enquanto o Daniel vai lá entregar o bilhete pra Mariana. Esperar, neste contexto, significa parecer um idiota enquanto meia dúzia de garotas riem e balançam um bilhete que eu não escrevi, mas pensam que é meu, e gritam alegremente sobre como isso é estúpido e só um *nerd* como eu escreveria uma coisa dessas.

Ele volta.

— Pronto.

— E aí, o que ela disse?

— Ela vai responder depois — Daniel responde com ar entediado. — Vamos pra sala.

— Pode ir na frente, porque eu vou no banheiro.

— Ei, uísque! — alguém grita.

— Uísque, é você mesmo! — a voz chama de novo, então eu olho, estúpido e curioso. — Uísque...sito! — Guilherme completa e ri de si mesmo. — Uisquisito! Você é muito esquisito, cara!

Guilherme, com seus cabelos loiros, olhos azuis e um metro e noventa de altura, perfeito pra bater em meninos baixinhos e magrelos. Guilherme, que é titular do time de futebol, de basquete, de vôlei. Se a escola tivesse, também jogaria nos times de polo aquático, boliche, par ou ímpar, caça à galinha... Enfim, é o tipo do cara que leva as meninas à loucura. Todos os meninos sabem que não se deve olhar nos olhos dele por mais de dois segundos ou vai sofrer as consequências, então desvio o olhar.

— Por que você sai pro intervalo com a mochila nas costas, Uisquisito? — ele pergunta, mas em seguida entro no banheiro.

Admiro quem consegue fazer xixi assim que se posiciona na frente do vaso, porque eu já desperdicei um minuto apenas me concentrando aqui dentro da cabine. O Guilherme pegando no meu pé de novo com certeza não ajuda, porque sempre me deixa tenso. Esse barulho da porta do banheiro abrindo e fechando também atrapalha. Por favor, deixem eu me concentrar!

— Vai ser engraçado. Cadê ele? — eu escuto atrás de mim, assim que um jatinho tímido começa a sair.

— Escuta! Tô ouvindo um barulho dali!

O que eu faço? O que eu faço? Já sei, posso colocar som de alarme de incêndio no meu celular, como se a escola estivesse pegando fogo ou então ligar pro meu pai vir me buscar no banheiro ou então colocar o som de alarme enquanto ligo pro meu pai! Claro, João, como se sua reputação já não fosse ruim o suficiente. Continuo a me aliviar, nada mais a fazer. A porta da cabine está fechada, portanto eles não têm como saber que sou eu aqui.

— A gente sabe que você tá aí, Uísque — um deles diz, espiando por debaixo da porta.

Lá se foi minha vantagem. Cara, como é que todo mundo já está usando esse apelido? Mais um pra lista, junto com “Juvis” (junção de João com meu segundo nome, Vitor — até gostava desse), “Galeto” (meu sobrenome) e o incrível “Substância do Mamão” (não pergunte). Pelo menos já subi as calças, caso eles entrem aqui.

— Vamos esperar até você sair — agora é o Guilherme quem diz, enquanto bate na porta.

— E vão perder aula? — eu arrisco.

— Só você é *nerd* aqui, então pode demorar o tempo que quiser — ele responde.

Alguns minutos depois, escuto passos, a porta se abrindo e fechando, mas não posso ter certeza do que está acontecendo, ao mesmo tempo em que decido que não posso ficar ali pra sempre, afinal eu realmente quero ir pra aula. Odeio ficar com falta na lista de presença, porque minha mãe ficaria sabendo e eu tenho até dor de barriga só de pensar no sermão.

Como não vejo os pés dos meninos por baixo da porta, saio da cabine silenciosamente e começo a correr em vão, porque o Guilherme logo me agarra, saindo de seu esconderijo no canto.

— Você se esqueceu de dar descarga, Uísque.

Verdade. Esqueci mesmo. Mas ele não pode estar pensando o que estou pensando que ele está pensando. Eu me agarro com todas as forças nas paredes, tento chutar quem está me segurando, mas eles são muitos. De repente, uma sensação familiar toma conta de mim. Não tenho como evitar o castigo, então passo a cooperar com ele, assim eles poderão acabar logo com isso e eu poderei ir pra aula. A poça se aproxima conforme uma mão firme empurra a minha cabeça e eu prendo a respiração quando sinto o cheiro queimar minhas narinas.

Fiz o melhor que pude com sabonete líquido pra ter certeza de que o cheiro tinha saído dos meus cabelos. Mesmo assim, minhas orelhas começam a queimar quando entro na sala de aula. Tento não olhar pra ninguém enquanto sento na cadeira, mas vejo os narizes dos meus colegas se torcerem pra mim enquanto tiro o caderno da mochila, afinal o quadro já está cheio e eu preciso anotar tudo. Pra completar, o professor também me olha feio e diz que vou ficar com falta por ter chegado atrasado. Maravilha!

— Mano, você é muito besta.

— O Guilherme enfia minha cabeça na privada e eu que sou besta? — respondo falando bem baixo.

— Mas você deixou! — Daniel responde no mesmo volume.

— Ele não pediu permissão.

— Estou te dando um toque de amigo, você tem que começar a se impor.

— Eu queria um amigo que me desse mais ajuda do que toque. Onde você tava?

— Assim mesmo, garoto! Tem que responder na lata! Mas na próxima responde pra pessoa que tá te aloprando.

O sinal toca para a troca de aula e o professor sai, mas ainda não consegui terminar de copiar o que está no quadro.

— O que será que acontece quando a gente joga tinta no uísque? — escuto o Guilherme perguntar para a turma enquanto ele derrama a tinta de uma caneta estourada em cima da minha camiseta.

— Guilherme!

Encaro seus olhos por um segundo.

— O quê? O que você vai fazer?

Perguntando desse jeito, o mais fácil seria eu pedir desculpas e oferecer as partes da camiseta que ainda não estão manchadas, mas apenas desvio o olhar e saio correndo em direção ao banheiro enquanto meus colegas riem. Não preciso de um olho roxo pra combinar com a mancha roxa que eu acabei de ganhar no uniforme.

Estico a camiseta na frente do espelho do banheiro. O estrago foi feio. Será que sai com álcool? Como eu vou explicar pra minha mãe? Ela que, quando eu era pequeno, me obrigava a usar a camiseta por dentro das calças. Até hoje mantenho os cabelos curtos, só pra agradá-la. Pensando bem, não é tanto sacrifício assim.

Eu queria que também existisse uma maneira fácil de agradar o Guilherme, só para ele me deixar em paz. Mas não tem. Não é tão simples quanto enfiar a camiseta dentro da calça.

Levanto a cabeça pra me encarar no espelho, e o que vejo é um rosto pálido e magro, olhos inexpressivos. Quase sem esperança. Lá no fundo, continuo torcendo por um milagre, desejando que meus colegas apenas me deixem em paz pra que eu possa assistir às aulas, ir embora e voltar no outro dia. É só quando baixo o olhar novamente que eu percebo que a mancha diminuiu, e o que sobrou começou a desbotar. "Tinta que desaparece!"

Quando volto pra sala, o professor de química chama:

— João Vitor.

— Presente!

— Ah, aí está você — o professor me saúda. — O Guilherme me contou sobre a tinta que desaparece! Adoro essa pegadinha. — Então. Ele. Ri.

— É, tô rindo muito por dentro — respondo muito baixo pra ele ouvir.

— Pode se sentar — e continua a chamada.

— Larissa.

Não acredito.

— Presente!

Tento puxar meu caderno da mesa, mas ele está colado. Parece cola quente.

— Leonardo.

Cadê minha mochila?

— Presente!

Estúpido, estúpido, estúpido. Eu devia ter levado ela comigo.

— Letícia.

— Professor! — eu chamo.

— João, seu nome agora é Letícia?

Os garotos riem.

— Colaram meu caderno na mesa.

— Você viu quem colou?

— Não.

"Mas sei quem gostaria de fazer isso", eu penso.

— Eu também não vi, então o que você espera que eu faça?

Dessa vez, os garotos esperam alguns segundos antes de começar a rir. Eu gostaria de lembrá-lo que ele é o professor e deveria fazer alguma coisa a respeito, mas estou tão envergonhado que minha voz não sai.

— Letícia.

Quando toca o sinal do fim da aula, continuo sentado esperando todos saírem, então localizo minha mochila no outro canto da sala, enfio meu caderno (menos a capa detrás) dentro dela e vou embora. Ao sair da sala, suspiro aliviado, porque mais um dia de aula acabou. É verdade que já tive dias melhores, mas também já tive piores.

— João!

— Oi, Denise.

A coordenadora pedagógica da escola é uma mulher que sempre tem algo gentil a dizer, e seus cabelos loiros sempre escovados dão um ar de princesa da Disney, muito embora eu seja o único da turma a prestar atenção ao que ela diz quando passa na sala.

— Você sabe que, mesmo no segundo ano, ainda pode participar da mostra de cinema da escola, né? — ela me lembra. — Sei que faltam apenas duas semanas, mas só agora pensei em perguntar se preparou algo.

Eu gostaria de dizer que não tenho tempo, pois estou muito ocupado tentando sobreviver ao ensino médio, que, se fosse um filme, o cartaz viria com o aviso: "Dos mesmos criadores do ensino fundamental!"

— Ainda não, mas vou pensar, sim! — digo.

— Não conta pra ninguém, mas estou ansiosa pra ver seu filme, depois do que vi no ano passado. Agora vou indo, querido. Boa tarde.

A verdade é que eu sempre faço o que os outros querem, porque é mais fácil do que negar coisas e ter que discutir, mas para a Denise eu sempre teria prazer em dizer "sim". Ela foi a primeira pessoa que acreditou na minha capacidade de fazer algo além de contas de matemática, e por causa dela descobri uma enorme paixão por fotografia e cinema.

Nessa mesma época, descobri que meu pai também era muito fã de cinema, então começamos a ver vários filmes juntos. Quando eu contei que nunca tinha assistido a Indiana Jones, sua cara foi impagável. Acho que foi nesse momento que surgiu a inspiração pro meu filme do ano passado. Eu e meu pai estávamos morando em casas diferentes, mas sempre teríamos o *Templo da Perdição*.

Saindo pelo portão, a cena de sempre: ex-alunos fumando e bebendo cerveja no gargalo da garrafa, se exibindo para as garotas e garotos impressionáveis. Na verdade, eu estou bastante impressionado também, mas evito fazer contato visual, porque sei que ninguém me quer ali.

— Uísque! Uísque! — ouço uma voz feminina chamar, e eu olho, porque já é tarde pra evitar o apelido.

— Mari?

— Tudo bem eu te chamar assim? Me disseram que você prefere seu apelido, não sei.

— O que foi? — pergunto, já sabendo a resposta.

— Você parece legal, mas não posso aceitar o seu convite.

Ela é linda, e não consigo evitar seus olhos. Acabei de

reparar que ela me lembra a Raquel. Será que a Raquel está pensando em mim agora?

— Mariana, eu sei que o bilhete era ridículo — eu digo, com toda a coragem que não tenho. — Eu nunca escreveria daquele jeito, mas não sabia como me aproximar, então o Daniel teve essa ideia.

— João, quer dizer, Uísque. Não sei como prefere agora.

— Prefiro João — digo, mas acho que ela não consegue ouvir.

— Como eu disse, você parece legal. Não fica chateado, é só que eu não curto meninos sensíveis tipo você, entende? — *Ótimo, mais um sinônimo pra "tímido pra caramba"*. — E não sei se você sabe, mas estou saindo com outro garoto.

Imediatamente ela desvia o olhar e encontra o de Guilherme, que sorri presunçosamente. Aí percebo que ele estava nos ouvindo o tempo todo. Entendo a mensagem, viro e começo a andar, prestando atenção nos meus passos pra não acabar tropeçando e fazendo um papel ainda mais patético na frente de todos.

— Uísque! Uísque! Volta aqui! — escuto os garotos gritando em meio a risadas, enquanto eu viro a esquina.

Deito na minha cama e agradeço que hoje é sexta-feira, o que significa dois dias de descanso de toda a atenção que recebo na escola, embora a gente já esteja quase no período de provas. Daqui uns dias, ninguém vai arriscar me provocar e ficar sem minhas colas. Talvez eu devesse ameaçar deixar todo mundo sem cola desde antes, mas acho que a ameaça de um soco na cara sempre parece mais efetiva.

Procuro por Raquel na lista de amigos *on-line*, mas ela não está lá. Penso que não machuca dar uma fuçada no seu perfil, mas penso errado, porque machuca toda vez e esta dói mais ainda, porque tem um cara novo nas fotos. Nunca vi esse garoto na escola que a gente estudava em Belo Horizonte nem quando a gente ia ao clube nem em lugar algum, e isso me consome. Não quero que ela conheça outros garotos, embora isso soe machista e escroto e eu saiba que é mesmo.

Foco toda essa energia negativa em fazer um vídeo pro meu canal na internet, aproveitando que ganhei um jogo novo de aniversário recentemente. Meus vídeos mostrando como os jogos realmente são até que têm bastante visualização, mesmo que eu não seja especialmente engraçado. Quando tento ser, sempre aparece um comentário dizendo que eu não devia mais tentar fazer gracinha ou algo assim.

No momento em que os adultos percebem que você é tímido, já começam a recomendar terapia e teatro. Eu tentei os dois, mas obviamente meu problema não foi resolvido. Quando fiz amizade com o Daniel, ele já veio com a ideia de montar um *vlog*, porque seria uma maneira de a gente ficar mais popular. Achei que seria uma boa ideia, porque assim seria quase como se eu não tivesse desistido do teatro.

Claro que, quando o Daniel percebeu que sua popularidade não viria tão cedo, fiquei na mão. Se eu deixasse de postar vídeos nesse canal por algum tempo, ele provavelmente cairia no esquecimento. Meu amigo não tem um *videogame*, mas já avisei várias vezes que esse canal não precisa ser só sobre jogos. Podemos gravar vídeos sobre qualquer coisa.

Enquanto estou ocupado com a gravação, me concentro em ajeitar a placa de captura e o gravador de voz, ao mesmo tempo em que penso no que vou dizer. Depois, me irrito quando o jogo trava e quando eu falo uma besteira tão absurda que me obriga a gravar a mesma parte de novo, até ficar bom. O importante é que não fico pensando na Raquel. Exceto quando eu percebo que não estou pensando nela. Tipo agora.

Ouço o *toc toc* dos sapatos da minha mãe chegando por trás do som nos meus fones de ouvido, quando estou terminando de fazer a edição do vídeo. Pode parecer besteira, porque é só a minha mãe, mas esse som me deixa quase tão tenso quanto a voz do Guilherme.

— Querido, cheguei. Tudo bem com você? Já fez sua lição de casa? Já está quase na hora de ir pra casa do seu pai, e eu sei que você nunca estuda quando está lá.

— Oi, mãe, tudo. Não tem lição pra fazer.

— João, você sabe o quanto eu fico irritada quando recebo aqueles bilhetes dizendo que você não fez sua lição.

— Mãe, eu já disse que não tem, e você não recebe um

bilhete desses há anos! Eles nem entregam esses recados no ensino médio!

— Não? Vou ter que conversar com sua coordenadora, porque eu certamente não estou pagando pra isso.

— Por favor, não conversa com ninguém.

— Por que não quer que eu vá na sua escola? Quem não deve, não teme! Ah, filho, você tem sorte de ter uma mãe tão legal. Olha, pelo menos não fica no computador o dia inteiro — ela diz já indo embora, em meio ao *toc toc* cada vez mais distante de seus sapatos. — Nunca te vejo estudando. Isso não pode ser bom sinal.

— *Argh*! Você já viu minhas notas?

— Não estou ouvindo, filho. Vou tomar um banho e lavar o cabelo. Me avisa quando estiver saindo.

— Tá bom.

— Não ouvi! Fui!

Aproveito a viagem de ônibus até a casa do meu pai pra ler o livro que a professora de literatura pediu, "O Ateneu", e não posso evitar me identificar com o Sérgio, que é o personagem principal, porque ele é alvo de vários colegas babacas. Bem, pelo menos ele tinha quem o defendesse. Eu só tenho o Daniel, e ele mal é capaz de defender a si mesmo.

Tarde demais, noto que passei do ponto, então dou sinal pra descer. Vejo onde estou e ligo pro meu pai ir me buscar, porque já está escuro e eu não saberia o caminho para andar até a casa dele, de qualquer forma. Felizmente, onde desço tem uma padaria aberta, então aguardo lá dentro.

Achei que encontraria meu pai irritado, mas ele parece tranquilo. O interior do carro cheira ao seu perfume favorito, o mesmo desde que eu era pequeno. Isso faz com que eu me sinta automaticamente mais seguro, mesmo que ele dirija bem rápido.

— Tudo bem com você? — ele me pergunta.

— Sim.

— E com sua mãe, tudo bem?

— Tudo.

— Pensei que, já que estamos de carro, a gente podia ir ao mercado. Preciso comprar algo pra janta de hoje.

— Sem problemas.

Empurro o carrinho de compras pra lá e pra cá, até que meu pai se lembra de mais algum item imprescindível pra sua geladeira e me pede pra esperar ali, então aproveito pra acompanhar pelo celular os comentários do vídeo que eu publiquei antes de sair de casa. A maioria não é memorável, mas no terceiro leio "Uísque!".

— Uísque! — penso escutar na minha mente, até que resolvo levantar a cabeça e percebo que é de verdade. Lá está o Guilherme e um outro menino da sala, acho que é o que chamam de Leo.

Procuro pelo meu pai, mas ele provavelmente se lembrou de outros itens imprescindíveis, pois não o vejo em canto algum. O plano B é fingir não ter escutado enquanto analiso a tabela nutricional dos cereais mais próximos, mas ele repete.

— Uísque, o que você tá comprando aí?

Não tenho mais como ignorá-lo, então olho pra ele usando o sorriso mais falso que sou capaz de produzir. O Guilherme, por sua vez, me observa com o sorriso presunçoso de sempre, como se fosse dono do mundo. O triste é que eu frequentemente me pego pensando que, talvez, pessoas como ele realmente sejam as donas do mundo. Nunca fico muito animado quando dizem que, por ser *nerd*, um dia serei chefe desses valentões, porque mesmo na posição de chefe eu provavelmente ainda receberia minha dose de cuecões.

— Oi, Guilherme, tudo bem? — finalmente pergunto.

Cara, ele é muito alto, e o outro é quase tão grande quanto.

— Você é burro demais, moleque, pra dar em cima da garota que EU quero — agora o Guilherme parece irritado. — Acha que a Mari ia dar bola prum magricelo sem graça tipo você?

— Eu... — começo, mas não consigo continuar.

— Agora vou ter que te dar umas porradas na frente de todo mundo pra servir de exemplo.

Ele só pode estar brincando, porque eu nunca estive numa briga de verdade durante a minha vida. Conheço todo tipo de humilhações, isso é verdade, mas passo mal só de pensar em ver meu próprio sangue. O Guilherme está muito perto, então eu instintivamente me encolho e levo as mãos à frente do meu rosto.

— O que você tá fazendo, Uisquisito? Não te falei, mano? Ele é muito esquisito — ele fala para seu amigo, enquanto abaixo as mãos devagar. — Eu vou te bater na escola, e não adianta faltar na segunda, porque você vai apanhar não importa quando for pra aula.

— João, são seus amigos? — diz meu pai, finalmente interrompendo aquela tortura. — Diga tchau. Estamos indo embora já, então pode trazer o carrinho.

— Tchau — eu digo e já começo a empurrar o carrinho, sem olhar pra trás.

Passo a maior parte do trajeto para casa em silêncio, mesmo percebendo que meu pai está incomodado com algo. Eu gosto de passar os fins de semana com ele, porque ele não pega no meu pé como a minha mãe, então eu durmo a hora que eu quero, passo um bom tempo na internet e, de bônus, ele ainda cozinha melhor que ela, mas dessa vez ele não ia deixar passar.

— Aquele menino — ele começa —, aquele que estava falando com você no mercado, não era seu amigo, era?

— Ah, você percebeu?

— E aquele apelido, "Uísque", o que significa? Você bebe com aqueles moleques que ficam na frente da escola?

— Sabe o que é, pai? Foi uma coisa engraçada, porque aquele menino é um colega da minha escola, e eu estava cuidando da minha vida, quando ele gritou "uísque". Eu fiquei curioso e olhei, ao que ele disse "Uisquisito", sabe? Um jogo de palavras, muito inteligente. Aí ele disse que pensou naquilo, porque eu sou muito esquisito, então os outros meninos deram risada. Rimos juntos, na verdade, e fim de história.

O silêncio provavelmente dura apenas alguns segundos. Meu pai continua olhando para frente, sem eu saber se está prestando atenção no que eu digo ou se está concentrado no trânsito, mas logo ele rompe a bolha de quietude.

— E você achou engraçado fazer papel de palhaço? — ele pergunta, sério.

— Como? Não, não foi bem assim.

— Quando eu estava na escola, eu não gostava nem um pouco que rissem de mim, porque eu não acho que eu tenha cara de palhaço. Eu tenho cara de palhaço?

— Não, pai.

— E você também não tem.

— Eu sei.

— Eu sempre soube que sua mãe ia te prejudicar um dia.

— Minha mãe?

— Sempre mais preocupada em conferir sua caligrafia do que se você tinha amigos. Quantas vezes ela não te deixou sair pra brincar, porque queria que você escrevesse páginas e páginas de lição de casa de novo e de novo e de novo.

Dessa vez não falo nada, talvez porque eu queira acreditar nisso, que não tenho culpa por ser uma aberração. Também não quero que ele perceba que estou quase chorando, e minha voz sairia toda esganiçada se eu dissesse alguma coisa. Tento olhar para a rua através do vidro, mas meus olhos marejados embaçam a visão.

CAPÍTULO DOIS

Passei o fim de semana sem vontade de falar com ninguém, então aproveitei pra terminar de ler "O Ateneu". Não me ajudou muito, porque, no final do livro, acontece uma coisa que não vou contar o que é pra não dar *spoiler*, mas se você ler vai saber que essa não é a solução dos meus problemas.

Também pensei em contar tudo pra coordenadora, mas eu não sou um *dedo-duro*. Preciso falar com o Guilherme, tentar fazê-lo entender que eu realmente não sabia que a Mari era sua namorada e, se eu conseguir, aí sim meu problema estará resolvido.

Quando entro na sala de aula, o Guilherme está distraído conversando com alguns amigos, mas minhas pernas travam só de pensar em ir lá interrompê-lo e falar o que eu preciso falar, então decido esperar um pouco pra tomar coragem e me sento na carteira ao lado do Daniel, que tenta puxar assunto enquanto eu tento parar de tremer.

— Todo mundo, olha aqui! Eu que vou dar a aula de hoje! — grita Guilherme.

Droga, eu devia ter ido lá assim que entrei. Agora que ele tem a atenção da sala inteira, não vai ouvir qualquer coisa que eu disser.

— O Sr. Uísque — continua Guilherme, agora com meio sorriso na cara — convidou a Mari pro cinema na sexta-feira, e eu tenho o bilhete assinado por ele como prova.

Não leia o bilhete, não leia o bilhete.

— Eu vou ler o bilhete pra vocês.

— Eu não escrevi isso! — grito, então vejo a expressão na cara do Daniel dizendo "NÃO DIGA NADA!", então paro de falar, porque não quero arrastar o Daniel comigo, mesmo que isso desse uma chance de livrar minha cara.

— Cala a boca, Uísque — Guilherme diz, então lê o bilhete todo. — Na bíblia tá escrito "não darás em cima da namorada do Guilherme", então agora se levanta, moleque, porque você vai apanhar.

— Você é louco? O professor já vai chegar!

— O professor tá atrasado, Uísque. A tiazinha veio avisar antes de você chegar. Você — aponta para o mesmo garoto que vi no mercado —, fica na porta pro caso de alguém aparecer!

Guilherme, agora completamente embriagado pela atenção da classe, tira seu casaco e o joga para o canto onde estão amontoadas as meninas, que soltam gritinhos excitados. Em seguida, ele empina o peito e vem pra cima de mim. Nesse momento, já perdi o controle do meu corpo. É como se eu estivesse assistindo de fora.

— Anda, Uísque, faz alguma coisa, senão vai perder toda a graça — ele me provoca.

Como eu continuo parado, ele começa a me dar tapas no rosto. Eles não doem muito, mas me enchem de raiva. Tudo que penso é que não tenho muito a perder. Já que vou apanhar de qualquer jeito, resolvo chutar o balde. Ou quase isso.

— Aaaaaaaaaaaaaauuuuuuuuuu...

Oh, meu Deus, o que eu fiz? O Guilherme está no chão. O que eu faço agora? Olho ao redor e todos os rostos estão paralisados em choque e expectativa. Vejo algumas meninas sorrirem timidamente, vejo os moleques que andam com o Guilherme confusos, vejo Daniel de boca aberta enquanto filma tudo pelo celular, vejo o professor de química com uma expressão neutra à porta da sala de aula, vejo o Guilherme no chão, gemendo com as mãos entre as pernas.

— João, é a primeira vez que você entra em uma briga na escola, mas preciso te suspender do mesmo jeito.

— Sei — é tudo que consigo responder.

A sala da coordenadora é pequena, e a decoração é simples. Como adoro livros, meus olhos se distraem com as lombadas dos livros pedagógicos que preenchem as prateleiras da estante: havia poucos, mas eram bem coloridos. Foi um alívio encontrar o sorriso da coordenadora Denise logo depois de dar com a cara azeda do Guilherme enquanto eu entrava.

— Vou dar uma semana de suspensão pra cada um — continua Denise.

— E quanto à lição de casa e os trabalhos de classe? — minha mãe interrompe pela milésima vez desde que entramos.

— Dona Magda, tenho certeza de que seu filho não precisa se preocupar com faltas ou notas, mas o João pode pedir a algum colega que empreste suas anotações fora do horário de aula.

Minha mãe ainda parecia desconfortável, mas eu não queria lhe dar a chance de fazer uma nova pergunta, então disse logo um "Obrigado!", na esperança de encerrar tudo.

— Disponha, querido. Eu sei que você está triste, mas espero que isso sirva para que você pense em outras maneiras de resolver esse tipo de situação. Se você está tendo problemas, venha falar comigo. É muito difícil saber o que está acontecendo quando ninguém me conta nada. Você não deve fidelidade aos seus colegas, principalmente quando eles estão sendo maus com você. De qualquer forma, como a suspensão é para cinco dias de aula, começando hoje, você pode comparecer no fim de semana para a mostra de cinema da escola, se quiser.

Em casa, minha mãe confisca todo o meu equipamento de filmagem, o computador e o *videogame*. Bem, não é como se a essa altura ainda desse tempo de gravar um filme para a mostra de cinema, então não me importo tanto assim com o equipamento e o computador, mas me tirar o *videogame* é sacanagem.

— Se meter em briga com essa idade, João Vitor! — ela berra entre suas idas e vindas do meu quarto para fora, levando minhas coisas. — Com sua idade eu estava quase a ponto de conhecer seu pai!

— E veja onde isso te levou — falo bem baixinho de propósito.

— O que você disse? Acho que você não está em posição de me responder. De qualquer maneira, espero que você consiga entender que eu faço isso pro seu bem, porque, sem disciplina, eu sei bem o que você pode se tornar.

— Sabe como?

— Sabendo, oras.

— Experiência própria?

— Tenho cara de moleque sem disciplina, por acaso?

— Então, como você sabe?

— Lendo.

— Lendo?

— É, lendo. De que outra forma seria? Jogando *videogame*? Eu leio, João. Leio tanto que poderia ficar aqui falando durante horas pra você sobre disciplina, ética, respeito...

Adoro quando ela ignora que eu também gosto de ler e se concentra apenas no *videogame*.

— A senhora vai fazer isso?

— Isso o quê?

— Essa palestra?

— Agora não.

— Então, a senhora já acabou?

— Se você fosse menor, eu o deixaria sentado no canto pensando sobre o que fez. Só espero que use esse tempo pra se aplicar nos estudos.

— Tá bom, mãe.

Assim que ela sai, tranco a porta e caio na cama. Por sorte, ela se esqueceu do meu celular, ou então decidiu que poder me ligar a qualquer momento era mais importante do que tirar mais um aparelho. O que importa é que posso jogar nele. Prevejo uma semana de *Candy Crush*.

Uma mensagem não lida. É do Daniel e diz:

Mano, mto loco!!@ Td mndo comentando!
Tah td gravado ok? Dps vou passar aih! Flw!~

Odeio como minhas mãos tremem e meu coração bate como um tambor no meu peito por qualquer coisa. Eu percebi que o Daniel estava gravando o que eu fiz, só não me lembrava. Ele devia ter mostrado pra mim primeiro. O que será que todo mundo está comentando?

Quando escuto a campainha tocando e minha mãe indo atender, só posso torcer pra que ela deixe ele entrar. Ao ouvir minha mãe gritar meu nome pra que eu vá receber o Daniel, sei que está tudo bem.

— Minha mãe te encheu muito?

— Que nada — diz Daniel. — Falei que eu vim pra te entregar a lição de casa.

— Mas você nunca copia nada.

— Exato. Agora para de falar e olha isso aqui!

Assistimos ao vídeo no celular dele, que não tem a melhor qualidade de som e imagem que já vi, mas pelo menos está tudo lá: o Guilherme se gabando, os outros dando gritinhos ansiosos, os tapas na minha cara, até que eu lhe dou um chute entre as pernas e ele cai.

— Mano, você não consegue nem acertar uma bola parada no futebol, como é que acertou as duas dele assim do nada? — Daniel pergunta e dá risada.

— Eu não sei, eu não sei, eu só sei que agora o Guilherme vai querer me bater em dobro.

— Isso é garantido, mas o que você quer fazer com o vídeo?

— Eu não sabia que precisava fazer alguma coisa com ele.

— Precisar, não precisa, mas ficou um vídeo tão bom.

— Por mim você pode até deletar, porque se o Guilherme conseguir esse arquivo, acho que pode até me processar ou algo assim.

— Você tá louco! — ele sorri. — Pode deixar que eu penso num destino melhor pro nosso videozinho.

— Tá bom, mas me conta o que a galera comentou

depois que o professor levou a gente pra fora.

— O grupinho do Guilherme falou que queria te pegar na saída, menos o Leo, que achou tudo muito engraçado. As meninas começaram a discutir quem tinha razão, até que um grupo delas decidiu que você foi muito corajoso. Parece que tem mais gente que não gosta do Guilherme por lá.

— Tá brincando? Todo mundo ama o cara!

— Na aparência, talvez, mas nem toda menina gosta do jeito que ele fala, todo machão e convencido, e nem todo menino gosta de ter que fazer tudo que ele manda. Quem daquela sala vai ficar contra você, se nenhum deles teve coragem de desafiar o Guilherme antes? Pra essas pessoas, você é um tipo de herói.

Já tinha escurecido e eu ainda estava saboreando aquela palavra, “herói”. Mesmo que eu não me sentisse nem um pouquinho assim, saber que alguém pensava isso de mim gerava uma sensação nova e ao mesmo tempo nostálgica. Uma voz, mesmo que fraca, sendo ouvida nos meus pensamentos.

Todos me dizem que o ensino médio é dureza, mas sinceramente não senti transição alguma desde o fundamental. Isso porque voltei pra São Paulo ao acabar o nono ano, seis anos depois de ter mudado pra Minas Gerais.

Quando era pequeno e andava pelo pátio da minha escola de Belo Horizonte, ou até mesmo sentado na sala de aula, sentia que os alunos olhavam diferente pra mim.

Eu sempre sabia que estavam reparando em meu cabelo raspado ou no jeito que eu andava. "*Você parece um pato andando, João!*", e hoje ainda me sinto exatamente assim.

Pelo menos deixei pra trás algo que me frustrava bastante, que era me pedirem para falar a palavra "porta". O "r" mineiro é diferente do "r" de São Paulo, então pediam pra que eu repetisse várias vezes, o que sempre era seguido por uma série de risadas. Eu continuava repetindo, acreditando que em algum momento eu conseguiria falar como eles, mas a pronúncia nunca ficou perfeita.

Também nunca entendia o que o fato de eu ser o mais novo e o mais baixo da turma tinha a ver com nunca me escolherem para seu time na aula de educação física. Quando não havia outras opções — e isso incluía o garoto que comia cola branca no meio da aula —, lá iria eu, com sorriso no olhar, fingindo que não me importava com nada daquilo.

Em defesa dos meus colegas, eu realmente nunca fui capaz de acertar um chute na direção do gol, mesmo naquela vez em que eu estava a um metro da rede e o goleiro longe. Chutei pra fora. Noutra vez, esqueci qual era o lado do meu time na quadra, comecei a correr no sentido contrário e quase fiz gol, mas seria contra.

As coisas só melhoraram depois que conheci a Raquel. Ela gostava do meu jeito quieto e distraído e sempre me fazia sentir melhor, mesmo sendo um ano mais nova. Às vezes ela até brigava com os garotos da minha sala, pra me defender. Muitos meninos sentiriam vergonha de ter uma menininha como guarda-costas. Eu me sentia grato.

Foi num churrasco em casa. Eu devia ter uns dez anos quando nos conhecemos. Ela era filha de um colega de trabalho do meu pai. Desde cedo sou muito desconfiado com garotas, porque, como eu já disse, elas não gostam de meninos tímidos, mas havia uma cumplicidade no olhar dela, como se tivéssemos alguma compreensão mútua de que devíamos ser amigos.

Pra minha surpresa, eu não me importava se perdesse partidas de *videogame* pra ela, ou que ela lambuzasse os controles com dedos oleosos de comida. Eu adorava a maneira como ela balançava os cabelos sempre que vencia, e me senti o máximo pelo sorriso que ela exibiu quando outras crianças pediram para jogar também e eu respondi que o jogo estava quebrado.

Essa foi a primeira vez que me senti um pouquinho perto de ser um herói. Eu havia conquistado o sorriso de uma garota, e não era uma garota qualquer. "Raquel", ela disse quando perguntei seu nome, e "Não precisa me dizer o seu, porque eu já sei. Já te vi na escola." Depois desse dia, fiz questão de revelar seu sorriso muito mais vezes.

A semana passa sem novidades, exceto que, de acordo com Daniel, a escola inteira já assistiu ao vídeo. Fico apreensivo com a ideia de um monte de gente que eu não conheço formando opinião sobre mim, principalmente porque as pessoas sempre dão um jeito de desvirtuar os fatos pra me acusar de alguma coisa.

Fico feliz quando chega sexta-feira, mesmo que eu tenha passado todos esses dias longe da escola, porque significa que vou pra casa do meu pai, e realmente preciso de um tempo da minha mãe.

Dessa vez, não erro o ponto, porque tenho estado muito ansioso pra conseguir me distrair com um livro ou algo assim. Quando chego à casa do meu pai, a janta já está quase pronta. Guardo as coisas no meu quarto e me deito um pouco, tentando me conformar com o silêncio, até que ele aparece.

— Filho, sua mãe me ligou mais cedo.

— Ah, é?

— Ela disse que você ainda está de castigo por causa do... — e tenho a impressão de que meu pai está tentando camuflar um sorriso — por causa do incidente no começo da semana, então não é pra eu te deixar ir à mostra de cinema amanhã.

— Ah, sim, eu já sabia.

— Coincidentemente — ele diz, me cortando —, fui chamado pra cobrir alguém no plantão do trabalho amanhã, e devo voltar só de madrugada.

— Certo...

— E você sabe como eu fico extremamente ocupado lá na redação, então espero que você consiga se virar o *dia inteiro* sozinho.

E essa é a minha vez de abafar um sorriso.

A escola está bem mais cheia que no evento do ano passado. Este ano, não acompanhei os grupos inscritos, porque a maioria sempre é do primeiro ano, que é quando a coordenadora oferece o curso intensivo de cinema e fotografia. Do jeito que está cheio, a propaganda que eles fizeram desta vez deve ter sido bem melhor do que a que eu fiz na mostra anterior.

Quando entro, dou de cara com a Denise. Na hora minhas orelhas começam a queimar, porque me lembro de ter prometido participar com algum vídeo. Uma pequena fila de alunos aguarda sua vez de falar com ela, antes de ir ao auditório.

— João, que bom que chegou. Estava ficando preocupada. Seu vídeo não vai ser o primeiro? Corre que já vai começar.

Estou tão confuso que fico com medo de responder, então simplesmente corro para o auditório pra tentar entender o que a coordenadora disse. Enquanto corro, noto alunos alegres conversando, lançando olhares para mim. *Por que chamo tanta atenção?* Quase me viro antes de entrar no auditório, pra ver se alguém continua me acompanhando com os olhos, mas tenho mais o que fazer.

Vejo o Daniel lá na frente, e tem um grupinho formado em volta dele. Não é difícil perceber que tem alguma coisa errada, porque as pessoas não formam grupinhos em volta do Daniel. Pra minha surpresa, todos param pra me ver chegar, então esbugalham os olhos e dizem “Uísqueeeeee”!

Rapidamente, levanto os braços à minha frente, porque uma saudação dessas geralmente precede alguma violência física, mas ninguém vem pra cima de mim. Dou um passo para trás e olho pra entrada, mas está tão abarrotada de gente que seria difícil fugir. Como todos parecem ansiosos pra que eu me aproxime, vou até eles, cauteloso.

Assim que eu chego à fileira em que eles estão, as luzes se apagam, e um menino de cabelo comprido — nem sei seu nome, quem sabe Rodney ou Rodrigo — me convida pra sentar ao seu lado. Algo está definitivamente errado, mas eu agradeço a gentileza e olho pro telão que já está ligado. Em seguida, o que vejo ali na frente sou eu. E o Guilherme. E o motivo por que fomos suspensos.

Curiosamente, não sei o que sentir. Um lado de mim temia que isso fosse acontecer, principalmente depois que a coordenadora disse que meu filme já ia começar, mas, agora que está acontecendo, é como levar um tapa da realidade. Eu preciso ver a reação das outras pessoas antes de definir o que eu penso sobre isso tudo. Dura apenas alguns segundos, o tempo de o Guilherme se gabar e eu acabar com a graça dele, mas me parece bem mais que isso.

Eu nunca quis que isso acontecesse, embora o vídeo mostre o contrário. Eu me deixei levar pela raiva e não pensei nas consequências. A tensão só abandona minha mente ao perceber que a plateia está rindo e batendo palmas descoordenadas. Ouço gritos de "Muito bom!" e "Assim que se faz, garoto!" e um professor gritando "Esse não é o filme que vocês inscreveram!"

Ao meu redor, meus colegas começam a entoar "Uísque! Uísque!", e por algum tipo de insanidade temporária eu os encaro emburrado e digo: "Meu nome não é Uísque". Todos param, embora mantenham o sorriso, e Daniel pergunta: "Como você quer que te chamem?", uma pergunta que nunca passou pela minha cabeça, afinal meu apelido sempre foi selecionado cuidadosamente pelos meus colegas mal-intencionados.

Como tudo o que tenho em mente é o vídeo, me lembro de uma cena clássica do cinema: um bandido espadachim gira suas espadas ameaçadoramente para o herói, que responde marotamente com um tiro de revólver. Admita, é quase a mesma coisa que aconteceu comigo, só que sem as espadas. Ou o revólver.

Sem que eu perceba, acabo falando:

— Meu nome é Indiana João.

CAPÍTULO TRÊS

Desde sábado ando meio desligado. Estou tendo dificuldades pra acreditar que meus colegas estavam rindo *comigo* e não de mim. O Guilherme não olhou na minha cara o dia inteiro, mas ainda é segunda-feira. Muitos dias pela frente pra ele preparar sua vingança.

Quando percebo, já é hora do intervalo. Compro um lanche e vou direto pro meu cantinho, o pedaço de chão do pátio, atrás de uma pilastra, onde costumo sentar com o Daniel e passar os quinze minutos, tentando não chamar a atenção de ninguém. Só que, hoje, meu cantinho tem mais gente além do Daniel. Bem. Mais. Gente. Com ele. Umas três pessoas. Sério. Perco a oportunidade de dar meia-volta quando o garoto de cabelo comprido que me ofereceu um lugar no dia da mostra de cinema me chama pelo meu novo apelido. "Indy" — derivado de "Indiana", vê se pode —, ao invés de "Uísque".

O nome dele é Rodrigo mesmo, como eu tinha desconfiado. Os outros ali, além do Daniel, são o Bruno e o Leo. Reconheço o Leo rapidinho, porque quase sempre ele estava junto do Guilherme na hora de sacanear comigo, como no lance do mercado. É claro que não quero ele aqui, mas acho melhor não mencionar por enquanto. O

Bruno é mais conhecido como "Japa" na sala, mas é tudo o que sei sobre ele.

— Eles vão andar com a gente agora — diz Daniel, marotamente.

— Ah, vão?

— Sim — responde Leo. — Tudo bem pra você?

A pergunta me pega de surpresa, mas consigo tirar um "claro" da minha língua antes que pareça que eu hesitei demais. Tudo está acontecendo muito rápido! Como é que eu posso ter certeza se posso confiar na minha nova situação, confiar nessas pessoas? Até mesmo no Daniel?! Será que todos ficaram loucos ou sofreram amnésia? Duas semanas atrás, o Leo estava dando risada enquanto eu tirava minha cabeça encharcada da privada.

Eles começam a conversar sobre qualquer coisa, mas minha atenção já está voltada pra garota que não sorri entre as amigas escandalosas. Então me lembro que ela ainda é a garota do Guilherme e paro de olhar.

— Aconteceu alguma coisa com a Mari? — pergunto.

— Não que eu saiba — diz Daniel, interrompendo a conversa. — Por quê?

— Por nada.

O bom de minha mãe ser bancária é que seus horários são confiáveis. Mais ou menos. O que eu quero dizer é que posso confiar que ela nunca vai estar em casa antes das seis da tarde; isso é garantido, então não tenho pressa pra voltar pra casa ao fim da aula, porque meus *novos melhores amigos* resolveram que devíamos todos almoçar na casa do Bruno.

Já em casa, recebo uma mensagem do Daniel no celular. Espero que ele esteja me explicando o que está acontecendo. Pelo menos o Daniel tem que entender meu estranhamento a toda essa situação, afinal ele estava no time dos excluídos comigo até pouco tempo atrás. Abro a mensagem, mas não entendo a urgência do pedido:

MANO PLMDDS ENTRA NO CANAL A—GO—RA!!@1

Oficialmente, minha mãe ainda não devolveu meu *notebook*, mas são cinco da tarde, o que me dá tempo suficiente pra dar uma olhada no meu canal de vídeos e guardá-lo de volta antes que ela chegue. Eu sempre soube onde ela guarda meus objetos confiscados, mas nunca deixei ela saber disso, caso contrário minha mãe simplesmente mudaria o lugar. A propósito, é no armário dela, atrás da roupa de cama.

Vejo que tem muitas mensagens na caixa de entrada. Quantas pessoas será que viram meu último vídeo? Tem alguma coisa estranha. No topo dos vídeos enviados tem um arquivo que eu não conheço, mas entendo tudo mesmo antes de clicar, porque posso me reconhecer na miniatura e porque o título diz "Indiana João".

Está dizendo que o arquivo foi transferido na sexta-feira passada. Eu devia ter desconfiado que o Daniel teria feito isso pra garantir que a gravação ficaria intacta para a apresentação na mostra, mas o mais impressionante é que o vídeo já atingiu cem mil visualizações. Preciso conversar com o Daniel pra entender o que está acontecendo.

Daniel Silva

Vc viu q mto loco??

João Vitor Galeto

Cara, oq vc fez?

Daniel Silva

Tu tá famoso kkkkk

João Vitor Galeto

Eu to eh lascado. Espera minha mãe ver isso...

Daniel Silva

Se eh q ela já não viu.

João Vitor Galeto

Pois eh!

Daniel Silva

Relaxa, mano. Eh nossa vez d curtir. Vc viu aqueles caras hj. Td na nossa mão.

João Vitor Galeto

Como assim, na nossa mão, Daniel?

Um barulho inesperado. O *toc toc* inconfundível. Minha mãe chegou antes da hora. Começo a desligar o *notebook*, mas não vou conseguir entrar no quarto dela sem ser percebido, então estou lascado pra valer. Talvez ela até me devolvesse o computador hoje, mas agora eu ia ganhar mais uma semana de castigo, pelo menos.

— João Vitor, o que você está fazendo? — ela me pergunta irritada.

— Sambando na cara da sociedade.

Embora eu saiba que é rude, tiro meu celular vibrando do bolso enquanto minha mãe prega um sermão sobre responsabilidade, aceitar consequências e uma estranha relação entre a internet e meu futuro como dependente químico. Achei que seria o Daniel me ligando, após minha desconexão forçada do *chat*, mas é o meu pai.

— Eu devia ter confiscado seu celular também — minha mãe completa.

— Oi, pai.

— Ah, tinha que ser seu pai. Diz pra ele que o que ele tiver pra falar, vai ter que ser depois.

— Espera, mãe. Caramba! — respondi com uma segurança que impressionou até a mim.

— João — diz meu pai com voz séria —, me desculpa por ter me irritado com você no dia do mercado. Eu não sabia o que você passava no colégio.

— Ah, você viu.

— Sim — ele diz antes de uma pausa para suspirar. — De qualquer forma, me avise quando você resolver virar o próximo *hit da internet*. Eu trabalho nela, esqueceu? Meu editor que te reconheceu e me avisou. Vai entrar uma notícia sobre o vídeo daqui a pouco. Você sabia que estava sendo filmado?

— Não. Na hora, não.

— Bem, já são duzentas mil visualizações e não para de crescer! — exclamou meu pai com o que eu posso jurar que foi satisfação em sua voz.

— Duzentas? Mas eu acabei de entrar e eram cem!

— Um *blog* de humor gigante postou seu vídeo, então as pessoas estão compartilhando como loucas.

Eu já estava com dificuldade para aceitar todo o reconhecimento na escola, e agora *blogs*, *sites*, pessoas que eu nunca vi estão falando sobre mim. Falando. Sobre. Mim. Não sei o que pensar disso. O que será que estão comentando? Provavelmente as pessoas que não me conhecem devem me achar um monstro!

— João, você está aí? — perguntou meu pai, ainda na linha.

— Pai, eu vou ser preso?

— O quê? Não! Olha, as opiniões não são unânimes, mas a maioria das pessoas que assistiu conseguiu entender que você estava só se defendendo de um garoto maior.

— Certo — foi tudo que eu consegui dizer.

— A grande questão é o que fazer agora.

— Como assim? A gente precisa fazer alguma coisa?

— Eu já trabalhei como assessor de imprensa, mas dependendo da repercussão talvez você precise de mais ajuda que isso.

— Ajuda? Mas você disse que eu não ia ser preso!

— Não esse tipo de ajuda, João. Olha, sua mãe está aí? Seria melhor eu conversar com ela.

Se meu pai quer falar com minha mãe por livre e espontânea vontade, algo está definitivamente errado. Eles nunca gostaram de falar no telefone mais do que o necessário, mesmo quando eram casados. Acho ainda mais estranho quando percebo que, apesar de ela ter gritado um pouco no começo da conversa, meus pais conversam civilizadamente por mais de trinta minutos consecutivos.

— Acha mesmo que eu deveria falar com ela?

— Claro! — me garantiu Daniel.

Tenho observado a Mariana durante toda a semana, então obviamente meus colegas perceberam e começaram a se intrometer. O comentário geral é que ela e o Guilherme não estão mais se vendo, e hoje parece ser o dia perfeito pra conversar com ela, porque suas amigas pegaram uma fila enorme na cantina, enquanto a Mari está guardando um lugar no pátio.

— Oi — eu digo, enquanto me abaixo para sentar ao lado dela.

— Oi, João. Ou você prefere Indy, agora?

Os olhos dela são tão lindos que me deixam triste, mas me esforço pra sorrir. Preciso lembrar que o meu objetivo é chamá-la pra sair. OK, agora ela deve achar que eu sou um psicopata, porque ainda estou perdido nos olhos dela. Foco, João! Chame ela pra sair! Espere, faça um elogio antes!

— Olhos bonitos! — santa mãe, como sou panaca.

— O quê?

— Você. Você tem olhos bonitos.

— Ah, obrigada. Você quer alguma coisa? — ela parece impaciente, acho melhor eu ir direto ao assunto.

— Eu sei sobre... Bem, sobre você e o Guilherme. Então quero refazer o meu convite — e preciso respirar fundo pra isso. — Mari, quer ir ao cinema comigo?

— O que você acha que sabe, garoto?

"O quê?" Mas isso eu só penso.

— Eu achava que você fosse legal, de verdade! Mas depois da humilhação que o Guilherme passou por sua causa, ele nem tem olhado mais pra mim. Acha que tropeçar em cima de um macho te transforma em homem?

Seus olhos não parecem tão bonitos agora.

— Mari, eu sou homem o suficiente, tá? — eu digo, mas não sei se ela consegue entender, porque saiu tudo gaguejado.

— João, você tem noção do que fez? Alguém descobriu onde o Guilherme mora, aí uma multidão foi até lá. Picharam a casa dele, quebraram uma janela, até que os pais dele chamaram a polícia.

— E-eu não sabia.

— Então saiba de mais uma. Você. Não. Faz. Meu. Tipo. Agora cai fora.

— Indy, você tá tristinho, é? — pergunta Daniel em tom brincalhão.

Assim como fizemos todos os dias nessa semana, eu, Daniel, Rodrigo, Bruno e Leo estávamos indo embora juntos. No começo, admito que achei estranho, principalmente por causa da presença do Leo, mas acho que o papo do professor de sociologia num outro dia era real; é só dar algum tempo e o ser humano é capaz de se adaptar a qualquer coisa.

— Sei lá — eu respondo, finalmente. — Acho que eu tô um pouco em choque. Não tava esperando aquela conversa de jeito nenhum.

— Relaxa — diz Bruno. — Mulher é tudo louca. Por isso nunca namorei com uma. Ninguém coloca uma coleira nesse pescocinho aqui.

Eu tenho outras teorias sobre por que o Bruno nunca namorou menina alguma, mas não tenho tanta intimidade assim pra jogar na cara. Os garotos continuam discutindo o assunto, mas minha atenção se volta pra um grito que escuto vindo de trás, então me viro.

— Guilherme?

Sim, é o Guilherme, caminhando em nossa direção. Aposto que ficou sabendo sobre minha conversa com a Mari e agora quer acertar as contas. Pelo menos ele está sozinho e eu tenho mais quatro comigo. Quatro. *Rá rá rá*. Quatro furiosos garotos que já estão olhando muito feio na direção do meu arqui-inimigo.

— Uísque, preciso falar com você — Guilherme começa.

— O nome dele agora é Indy, ô palhaço — diz Leo.

— Cala a boca, seu traíra. Vai rosnar pra sua vó, aquela gorda! — e agora consigo enxergar o Guilherme que conheço.

— Filho da... — inicia Leo enquanto começa a caminhar na direção do Guilherme.

— Espera, Leo. Deixa ele falar — eu digo, ao que o Leo fica parado, observando, e eu fico ali, me sentindo o *alpha dog* da matilha.

— Indy — Guilherme cospe a palavra, como se fosse algo profano —, me desculpa por ter te tratado mal. Eu não devia ter mexido em suas coisas nem feito a brincadeira da tinta nem afundado sua cabeça na privada nem...

— Ele entendeu, Guilherme — e dessa vez é Daniel quem responde, o que me surpreende e garante o pódio das conversas mais inesperadas do dia.

— Meu pai tá me esperando de carro na frente da escola — Guilherme continua, sem me olhar nos olhos. Dá pra ver seu maxilar travado de tão torturante que isso deve estar sendo pra ele. — Eu não posso andar a pé sozinho nem dormir na minha casa, porque ele... Porque eu tenho medo de ser atacado por alguém que tenha visto seu vídeo. Eu vim te pedir pra por favor tirar ele do ar e gravar outro vídeo pra que a galera saia do meu pé.

O Guilherme acabou de me pedir um favor? Ele disse mesmo as palavras mágicas? "Por favor"? Onde estão as câmeras? A única possibilidade de algo assim sair da boca do Guilherme é se eu estiver participando de uma pegadinha. Daqui a pouco alguém vai sair do nada e me dizer que tudo — o vídeo, a mostra de cinema, meus novos amigos — são apenas parte de um experimento sociológico ou algo assim.

Sem ter uma resposta, o Guilherme levanta a cabeça e me encara. Um segundo. Dois segundos. Conheço aquele olhar vazio de quem não tem medo de nada, de verdade. Quando ele dá um passo à frente, a cena se desenrola por conta própria. Meus amigos vão pra cima do Guilherme, ao que ele revida, apesar de serem quatro contra um.

Quando se afastam, vejo o Guilherme ofegando, o rosto manchado de sangue de algum corte que não consigo ver, e ele joga uma fotografia no chão antes de se virar e sair andando. Me abaixo para pegá-la. É a foto de um muro, provavelmente, com uma frase pichada em tinta vermelha. Quando leio o que está escrito, começo a suar frio.

Em casa, minha mãe me diz que conversou novamente com meu pai, e embora eu não saiba o conteúdo dessa conversa, ela devolve meus equipamentos, mas permanece misteriosa e volta a fumar, vício que havia largado há mais tempo do que eu consigo lembrar. Com isso, acho que ela não seria muito indicada pra me ajudar com meus problemas morais agora. Entro na internet e nem preciso procurar pelo Daniel, porque já tem uma mensagem dele me esperando. Pelo menos estamos em sintonia o suficiente pra conversarmos sobre o mesmo assunto, e sem fazer joguinhos.

Daniel Silva
Mano, NEM PENSA em apagar o vídeo

João Vitor Galeto
Eu não pensei nisso

Daniel Silva
Pensou sim, q eu sei. Mas ja são + de 1 MILHÃO de views. Vc eh tipo uma webcelebridade!!1@

João Vitor Galeto
Vc ta na minha cabeça, eh?

Daniel Silva
Te conheço. Escuta, aquele otário te humilhou tds os dias por 2 anos, então vc não tem motivo nenhum pra ter dó agora

João Vitor Galeto
Não eh questão de ter dó... Soh quero ter ctza de q tou fazendo a coisa certa

Daniel Silva
A gente não era ngm no saquinho de batata frita, e agora somos superpopulares. Tenho bastante ctza de q estamos no caminho mais certo possível

João Vitor Galeto
Ta bom, Daniel, mas relaxa. Eu não vou apagar nada

Daniel Silva
Já q estamos de acordo, td bem se eu escrever um roteiro pra gente gravar um vídeo novo?

João Vitor Galeto
Pod ser.

Desde que a popularidade do meu canal cresceu, ando ansioso pra gravar um vídeo novo, mas tenho um pouco de medo do que o Daniel queira gravar, porque as reações em todas as redes sociais estão muito emotivas ainda. Ontem postei uma música e em menos de uma hora havia mais de mil comentários, vários deles com teorias absurdas sobre por que eu tinha escolhido aquela música específica.

A quantidade de gente querendo falar comigo é impressionante, o que me deixa bastante ansioso, mas meu pai me instruiu a não responder ninguém, mesmo que a pessoa se identifique como imprensa. Nesses casos, devo no máximo passar o *e-mail* do meu pai que vai resolver tudo pra mim.

Agora nem meu pai poderia controlar os *memes* que fizeram do vídeo. Em uma versão do vídeo, eu estou vestido com as roupas do Indiana Jones, em outra trocaram o Guilherme por aquele político que também é pastor, mas também já me vi chutando o Justin Bieber, um monstro de anime qualquer, e até uma bola de futebol.

Hoje, no entanto, não são essas pessoas ou essas piadas que estão me fazendo perder o sono, mas sim a foto que prendi no mural atrás do computador. O Leo me contou que é o muro da casa do Guilherme. "Valentões também caem", ela não para de me dizer.

CAPÍTULO QUATRO

— João, eu organizei uma lista de convites que você recebeu de acordo com a importância e separei alguns que eu achei mais interessantes.

A mesa de trabalho do meu pai, que costuma estar sempre limpa e organizada, agora está atulhada de papéis com anotações a caneta e *post-its* colados. Sento ao lado dele pra começar a ler, e me impressiono, porque os convites são de *sites* de notícias que eu acompanho, aliás, quase todo mundo acompanha. Me pergunto se eles sabem o que estão fazendo, porque eu definitivamente não me convidaria para algo assim.

Na verdade, essa mesa me lembra o período em que meu pai era assessor de imprensa em Belo Horizonte, e as brigas dele com minha mãe pela falta de tempo de um para o outro, mas não falo nada, porque esse assunto não cabe agora e porque eu tenho outros bem mais importantes pra me preocupar. Olhando mais atentamente, vejo que também recebi convite de entrevistas para jornais impressos e rádios. Semana que vem é a última semana de aula, o que significa provas. Não vou ter muito tempo pra estudar, desse jeito.

— E então, filho, o que acha destes?

— Parece muitas entrevistas em muito pouco tempo.

— Na verdade, queria conversar contigo sobre isso. Vamos definir agora um pronunciamento oficial, então eu posso responder por você as entrevistas que forem por *e-mail*. Só dois jornais querem entrevistas por telefone, e serão bem curtas.

— Tudo bem, o que mais?

— Um telejornal quer te entrevistar em casa, filmar o lugar onde você vive e pegar seu depoimento. Eu conheço o editor deles de nome, sei que é um cara acostumado a cobrir casos da internet.

É bastante relaxante discutir com meu pai sobre meu "estrelato". Tudo parece mais normal e menos assustador assim, porque é ele quem está falando, e ele é meu pai, então ele tem que saber o que está falando. O que a gente não sabe é o que minha mãe vai pensar sobre câmeras e jornalistas sujando o tapete da sala dela.

— Acho que ela vai receber melhor se você contar — meu pai aconselha —, mas se a situação ficar muito complicada, me liga que eu vejo o que posso fazer. Estarei sempre do seu lado.

Antes, eu ia pra escola com o coração tranquilo, porque eu sabia o que esperar, mesmo que fosse dor e humilhação. Agora eu caminho pelos corredores como quem caminha para seu julgamento, porque é tudo tão recente e tão frágil. Sinto que tudo poderia se virar contra mim a qualquer momento, e se as coisas voltassem a ser como antes, seria pior do que se elas nunca tivessem mudado.

Passo pela porta e vejo meus novos amigos sorrirem pra mim. A expressão despreocupada no rosto do Daniel é o sinal pra que eu baixe a guarda e sente na minha nova cadeira, mais ao fundo da sala. Rodrigo começa a conversar comigo sobre as férias, Leo está rindo com Daniel sobre alguma coisa e Bruno está olhando distraidamente para outro grupo de garotos sentados mais à frente, mas minha cabeça está na prova de química que vai rolar daqui a pouco.

— Vocês estudaram? — eu pergunto, já apreensivo.

— Por quê, Indy? Você não sabe a matéria? — pergunta Daniel, desconfiado.

Uma onda de pânico me toma de uma vez. Será que toda essa suposta amizade era só a velha camaradagem pra que eu passasse cola nas provas finais? O que vai acontecer quando eles souberem que eu não estudei? Mantenha a calma, João, talvez você possa disfarçar e passar alternativas para os seus colegas mesmo assim. Eles só vão perceber que você não sabia nada quando as notas saírem na sexta-feira.

— Indy, você tá bem? Parece que viu um fantasma — Daniel continua. — Escuta, nós não estudamos também, mas já tenho um plano. Sabe o Lucas?

— O Lucas da nossa sala?

— Isso. Você sabe que ele também sofria nas mãos do Guilherme. Não tanto quanto você, mas já é alguma coisa.

— Certo. E daí?

— Observe — e vai até a mesa de Lucas. Eu o sigo. — Ei, Lucas, tudo bom?

— Oi, Daniel, tudo bem — responde o menino, que parece ser quase tão tímido quanto eu.

— Agora que o Guilherme não pode mais bater no João, ele disse que vai querer te pegar no intervalo, só pra mostrar que ainda é o bonzão.

— E-eu? — ele começa, com pânico em seus olhos. — O que eu faço?

— O nosso amigo Leo é bastante forte, sabe? Eu podia pedir pra ele ficar de olho em você, mas a gente vai precisar de ajuda pra isso.

— Aham — o menino diz, aparentemente sem fôlego pra dizer uma palavra de verdade.

— O lance é que ele não vai poder te proteger se estiver preocupado com as provas. Se você pudesse apenas se sentar com a gente e deixar o caderno de respostas levemente à mostra, eu poderia te garantir essa proteção. O que acha?

— Sem problemas — Lucas responde rápido. — Onde eu sento?

Odeio a ideia de colar das respostas do Lucas, mas odeio mais ainda a ideia de tirar uma nota baixa, principalmente na prova do professor Jeferson. Será que o Daniel falou sério sobre a ameaça do Guilherme? Nunca mais ouvi sobre ele depois daquele encontro na rua. Na aula seguinte àquele dia, ele já tinha uma autorização pra se mudar pra outra turma, o que é bastante estranho, já que estamos no final do semestre, mas justificável, considerando a situação atual.

O professor entra na sala. Todos abaixam a voz e limpam suas mesas em preparação para a prova. Acho estranho que ele esteja olhando diretamente nos meus olhos esboçando um quase sorriso, mas logo descubro o motivo.

— João — ele chama —, você foi chamado pra coordenadoria, então vá direto pra lá assim que acabar a prova.

Quando entro na sala da coordenadora, tenho a impressão de que a sala está mais escura que da outra vez, ou então é o cabelo da Denise que não está mais tão brilhante quanto antes. Na verdade, ela não está sorrindo, o que me deixa preocupado, porque essa é a primeira vez que a vejo assim. Cadê a Denise princesa da Disney, sempre com um elogio a oferecer? Aparentemente foi trocada por uma cópia mal-humorada.

— João, pode se sentar — ela diz, tentando esboçar um sorriso que logo se desfaz.

— Aconteceu alguma coisa?

— Eu estive com o Guilherme e o pai dele na semana passada. Eles me contaram o que aconteceu depois da aula.

— Denise, eu não encostei as mãos nele, eu juro.

— Eles me contaram. Além disso, tudo aconteceu muito longe dos portões da escola, então não se preocupe com uma punição — ela diz, e eu sinto mágoa em sua explicação.

— Ah — é tudo que consigo dizer.

— João, não acha que essa história já foi longe demais? Você sempre foi um menino tão sensível. Por que não tira o vídeo do ar? Por que não grava outro vídeo pedindo pra que as pessoas parem de provocar o Guilherme?

— Eu — e perco novamente as palavras antes de continuar —, eu não acho que isso iria resolver alguma coisa. Vários usuários já colocaram o vídeo nos canais deles, além de que meus fãs estão incontroláveis.

— Agora eles são seus fãs? — percebo um olhar felino sobre mim.

— O que eu quero dizer é que eles não me ouviriam, ou então iam interpretar tudo errado.

— Não importa o que eles achariam, João. O que eu gostaria é de ver que você é o tipo de pessoa que não fica de braços cruzados enquanto alguém apanha por sua causa.

— Ninguém parecia se importar muito quando era eu que apanhava.

Antes eu não me importava, ou então eu achava que não me importava com o que eu sofria, porque aquela tinha sido a minha vida até então. Ir para a escola significava ser explorado por um garoto mais alto e mais forte, e não havia nada no mundo que eu pudesse fazer sobre isso. O Guilherme não poderia entender, nem minha mãe nem a Denise. Só eu sei o que eu passei, e essa é a minha chance de dar a volta por cima.

— João, entendo que você esteja magoado, mas já parou pra pensar que você deveria ter contado a alguém sobre seus problemas? Como eu posso te ajudar, se você não conversa comigo?

— Ah, desculpa, mas isso eu não vou aceitar. Quantas vezes os professores viram o que tava acontecendo e cruzaram os braços?

— Eu não sei. Por que você não me conta?

— Pergunta pro professor Jeferson sobre um dia engraçado que o Guilherme fez uma pegadinha comigo envolvendo um pote de tinta invisível, por exemplo, ou sobre os vários dias em que eu saí da sala e, quando voltei, minha mochila tinha desaparecido.

— Tudo bem, eu vou perguntar, mas quero que você me prometa que vai pensar sobre o vídeo.

— Me arranja uma solução primeiro, aí a gente conversa de novo.

— Bem, pode voltar pra sala — Denise finaliza, parecendo cansada.

Na saída da aula, encontramos três ex-alunos que parecem ser bastante amigos do Leo e nos convidam pro apartamento deles. Eu preferiria ir direto pra casa, porque ainda não confio nele, mas o Daniel me garante que vai ser legal, então paro de debater. Não sei o nome dos caras. Só o que servem são cervejas, e eu não quero ser o único a dar pra trás, então eu aceito uma latinha e tento me acostumar ao gosto amargo com a ajuda de salgadinhos.

Quando termino a segunda latinha, me sinto bastante leve. É engraçado como antes eu estava tão apreensivo, mas agora me sinto muito à vontade. Assuntos que antes me pareciam complicados, agora são simples. Vou até o Leo, que está no sofá dando risada da conversa dos garotos mais velhos sentados ao chão.

— Leo, por que você não anda mais com o Guilherme? — eu pergunto, como quem pergunta a idade de alguém.

— Ele me expulsou do grupo.

— Certo. Mas por que resolveu andar comigo?

— Acho que foi a melhor vingança que eu consegui pensar na hora — ele responde, mal escondendo um sorriso.

— Mas agora o Guilherme não está mais vendo, Leo — diz Daniel, se intrometendo. — Isso significa que você desenvolveu sentimentos por nós? — ele pergunta abafando uma risada espontânea.

— Vocês são legais — diz Leo, friamente.

— Eu sempre achei vocês legais — diz Rodrigo, que se junta aos amigos no sofá junto com Bruno. — Mas pra ser sincero, eu tinha medo de andar com vocês e ter a cabeça enfiada na privada também.

— E você, Bruno? — eu pergunto, tentando simular um tom provocador que eu raramente uso.

— Eu sempre te achei um panaca — e quando ele diz isso, todos caem no riso, inclusive eu. — Só que aí eu vi sua expressão depois de dar aquele chute no Guilherme. Você parecia assustado, mas também tinha um pouco de alívio. É como se você estivesse deixando o João dentro de você se libertar pela primeira vez. Aí fiquei inspirado e resolvi me juntar.

Dessa vez, todos os meninos derrubam Bruno no chão e se pilham em cima dele, gritando "Montinho!" e o provocando por ter usado a palavra "inspirado", mas tenho a impressão de que ele está se divertindo também, até que ele vomita.

Decido que não quero beber mais nada, enquanto o Bruno começa a limpar. Tento apenas ficar quieto, com a cabeça vazia de preocupações. O tempo passa rapidamente, então os amigos do Leo decidem dar uma carona para mim e meus colegas. Chego em casa antes da minha mãe.

Fico deitado na cama pensando sobre como eu fui de panaca a popular em uma semana, até minha mãe me chamar pra comer, o que me faz lembrar do assunto que preciso tratar com ela. Não sei se eu ainda estou um pouco sob efeito da cerveja de tarde, mas quero aproveitar o ímpeto de coragem que sinto ferver em mim. Tem que ser agora.

— Mãe, preciso falar com você.

— Pode ser enquanto a gente janta? Estou cansada e com fome, filho.

— Não. Prefiro que seja agora.

— Tudo bem, se é tão importante. Você está estranho. Andou bebendo, menino? — ela pergunta enquanto nos sentamos no sofá. Mães realmente têm um sexto sentido.

— Eu recebi um pedido. É pra uma entrevista num jornal da TV. Eles querem vir aqui em casa.

— Eu já falei com seu pai, João. Ele me prometeu que ia te aconselhar pra passar por essa fase turbulenta da maneira menos prejudicial possível, e eu não acho que se gabar de ter batido em alguém na TV faça parte disso.

— Mãe, eu pensei bastante sobre isso e é o que eu quero fazer.

— João, se for pra você aparecer na TV, que seja por um motivo decente, não porque bateu em alguém. Não vou discutir mais isso.

O velho sentimento de impotência me invade, mas dessa vez sou consumido por uma coragem que me deixa anestesiado o suficiente pra sentir minhas extremidades formigarem, como quando a gente deita em cima do braço por muito tempo. Encaro a minha mãe e parece até que o tempo para no instante em que eu respiro fundo e continuo.

— Mãe, eu não queria que chegasse a isso, mas agora acho que sempre foi inevitável.

— Do que você está falando? O que é inevitável?

— Eu quero me mudar pra casa do meu pai.

Eu nunca tinha conseguido calar minha mãe antes,

por isso fico surpreso com o absoluto silêncio que segue. Continuo olhando para ela sem desviar o olhar, e vejo um leve tremor em seu queixo, antes de ela voltar a falar.

— Filho, tudo que eu sempre quis foi que você fosse uma pessoa correta — então ela suspira antes de continuar. — Mas talvez você precise errar um pouco pra entender as coisas que eu tento te explicar.

— Mãe, você tá exagerando, como sempre.

— Se você precisa mesmo fazer isso, João — e dessa vez ela não consegue evitar transparecer a voz embargada e as lágrimas —, se você acha que vai ficar melhor na casa do seu pai, eu não vou te impedir.

Ao dizer isso, ela sai andando e tranca a porta do quarto atrás de si. Não tento chamá-la. Ao invés disso, vou para a cozinha e espero minha mãe voltar, sentado à mesa. No final, acabo jantando sozinho.

— Foi tudo bem tranquilo — conto aos garotos. — A jornalista que me entrevistou foi bem simpática. Deixou eu falar tudo que estava pensando e depois filmaram mais algumas imagens minhas pela casa.

Ainda estou me acostumando a chamar a casa do meu pai de apenas "casa", mas, ao mesmo tempo em que eu fico triste de pensar na minha mãe vivendo sozinha, sinto um alívio indescritível. Ao invés de meu pai se preocupar com as minhas notas que estão sempre ótimas, por exemplo, ele se preocupa com a minha imagem na mídia, que é algo bem mais difícil de controlar.

O único ponto negativo é ter que pegar ônibus pra ir e voltar da escola todo dia, mas é uma viagem curta, então posso me acostumar. Achei que muitas pessoas acabariam me reconhecendo na rua por causa de tudo que tenho passado, mas não foi o que aconteceu. Apesar de receber alguns olhares estranhos de vez em quando, não houve nada de inusitado até agora.

— Você falou da gente também? Falou de mim, pelo menos? Seu amigo que filmou tudo? — questiona Daniel, parecendo ansioso.

— Não — respondo. — Eles não estavam interessados nesse tipo de coisa. Queriam saber mais o que eu estava sentindo.

— Claro, Indy, eu tava brincando.

— Nem acredito que daqui a pouco vai bater o sinal e aí estaremos de férias! — exclamou Bruno. — Vamos marcar alguma coisa? Acho que não vou viajar.

Antes que eu possa responder, a tia da recepção aparece à porta da sala de aula e diz que a coordenadora está me chamando na sala dela, o que me deixa irritado. Estou aqui relaxando com meus amigos no último dia de aula e ela não consegue me deixar em paz? Acho que o que ela precisa é de um marido.

— Olá, coordenadora — eu a saúdo friamente, deixando clara minha má vontade de estar ali.

— Sente-se, João.

Quando eu me sento, percebo que a televisão no canto da sala está ligada, então nós dois olhamos em direção à porta conforme a maçaneta se move.

— Amor, preciso das suas chaves — diz Jeferson, também conhecido como meu professor de química. — Ah, João, você está aqui? Espero que não seja pra falar mal de mim de novo.

— Jeferson, agora não — Denise diz.

— Tudo bem — responde o professor —, me desculpe. Já estou indo.

Denise entrega suas chaves para ele e, assim que ele sai, ela junta suas mãos sobre o rosto, como se adivinhasse meus pensamentos. Seja lá o que ela tinha planejado, o professor acabou de estragar. Nunca imaginei que os dois estivessem juntos.

— João, não sei o que você está pensando, mas nós sabemos separar o trabalho da vida pessoal.

— Você conversou com ele sobre tudo que ele me viu passar?

— Conversei, mas tenho que dizer que os eventos me parecem circunstanciais demais.

— Não adianta falar difícil. Tudo que eu te falei aconteceu diversas vezes, enquanto o professor via tudo e dava risada.

— João, por favor, vamos abaixar o tom. E essa é uma acusação muito séria.

— Você me chamou aqui pra defender seu namorado?

— Não — ela responde, parecendo se segurar pra não gritar comigo. Tudo que eu quero é que ela grite comigo. Pelo menos seria uma reação mais interessante. — Quero te mostrar uma coisa.

Denise retira um DVD da gaveta e insere no aparelho ligado à TV. Será que ela quer me passar um vídeo educativo sobre civismo? Eu ainda me lembro da tortura que foi assistir àquele vídeo no começo do ano. Na época, eu ainda não tinha muito com quem conversar, o que significa que eu de fato assisti ao vídeo inteiro.

— João, eu te chamei hoje, porque queria mostrar uma coisa pra te fazer pensar.

— Tá.

— Enquanto você assiste, quero que pense sobre a sua essência, sobre o menino que você costumava ser.

Ela aperta o play e eu reconheço imediatamente a imagem na tela. É o meu filme de um ano atrás, o filme que eu produzi pra mostra de cinema do primeiro ano. Eu não cometi erros banais de direção, mas é só um filme *trash* que faz paródia de Indiana Jones. Infelizmente, apesar de todo mundo ter achado o curta muito divertido, isso não ajudou em nada a minha popularidade, porque sempre fui melhor escrevendo que falando.

O filme dura cerca de dez minutos e, quando acaba, a coordenadora continua olhando pra tela preta, como se ela própria estivesse refletindo sobre a "essência" dela. Já eu, estou me sentindo grato, porque percebi que minha paixão pelos filmes do Spielberg me ajudou a lidar com meus problemas naquela época e agora novamente, com meu novo apelido. Respiro fundo e ruidosamente, pra lembrá-la de que eu estou ali, então ela se vira para mim com olhos pesarosos.

— Quando assisti ao seu filme pela primeira vez, achei que você soubesse melhor a diferença entre ficção e realidade. Por acaso, sua essência é ser paródia de um filme bobo? Você nunca foi assim.

— Então você acha que eu tô exagerando? Imaginando coisas? — eu explodo.

— João, eu...

— A minha essência é ter a cabeça enfiada dentro da privada, é ver meus colegas pisando e tirando vantagem de mim! Eu não gosto mais de quem eu costumava ser! Se tem uma coisa que o "filme bobo" me mostrou é que não importa o que pensam de mim, eu posso ser quem eu quiser!

Logo percebo que todo aquele teatrinho não faz parte do trabalho dela de verdade, que ela me tomou como uma missão pessoal, e isso significa que eu não preciso ficar ali. Levanto e vou embora sem olhar pra cara dela, e ela não me chama de volta.

Ao sair do prédio da escola com meus amigos, viro à direita ao invés de seguir reto em direção ao portão.

— Indy, pra onde você vai? — pergunta Daniel.

— No estacionamento tem câmeras de segurança? — eu pergunto, mal conseguindo esconder minha excitação.

— Não — responde Leo. — Nenhuma.

— Ótimo.

Como previsto, o carro do professor Jeferson está lá, porque ele saiu com o da Denise. Retiro as minhas chaves de casa do bolso e caminho até ele, respirando fundo.

— Indy, você tá louco? — sussurra Rodrigo, já paranoico e olhando para os lados. Os outros meninos apenas dão risadas abafadas.

— Estou pensando em ensinar uma lição pro professor, pra variar — eu digo.

— Isso é doideira — diz Daniel, mas seu tom de voz é animado.

Sei que é mesmo uma "doideira", mas também sei que preciso fazer isso. Eu gostaria que minha mão não estivesse tremendo tanto, mas tenho certeza de que na minha memória essa cena vai parecer muito mais épica depois de um tempo. O momento em que eu risquei a lateral do carro do professor de uma ponta à outra.

CAPÍTULO CINCO

É estranho, mas enquanto só se passaram pouco mais de duas semanas desde o fim das aulas, sinto como se tivesse sido muito mais. Meu cabelo concorda comigo, porque já está começando a cachear em cima, agora que minha mãe não pode fazer nada a respeito. Ela também não pode mais me impedir de malhar na academia, dizendo que não tenho idade pra isso, então me matriculei ontem.

Pode parecer estranho que um *nerd* como eu queira fazer academia, eu sei, mas cresci assistindo a desenhos japoneses com personagens que malhavam o tempo inteiro. Além disso, sei que exercícios ajudam na produção de substâncias químicas no cérebro que ajudam a reduzir o estresse e aliviar a ansiedade. Ou então eu só quero ficar mais forte, mesmo.

No mais, saí algumas vezes com a turma, joguei muito *videogame* e comecei a escrever poemas, mas o mais importante é a inspiração pra minha poesia. Estou sempre escrevendo versos para a Raquel, minha paixão mineira, porque não consigo parar de pensar nela. Esses dias, sonhei que ela estava namorando com aquele garoto da foto que vi pela internet, então resolvi que voltaríamos a conversar.

A princípio, a Raquel achou muito inesperado, porque já fazia bastante tempo que não teclávamos juntos, mas ela elogiou meus poemas — e o meu novo visual, quando liguei a *webcam*. Eu não cheguei a declarar que são todos pra ela, mas a essa altura já deve ter ficado óbvio. O último que eu mandei era assim:

Quero voltar
Praquele lugar
No qual meu olhar cruzou o seu
Onde ninguém mais está convidado
Além de você e eu
E os nossos jogos
E os nossos corpos
E o seu sorriso
E o meu

Quando estou pensando nela, afasto todos os pensamentos ruins, com a certeza de que depois eles voltam. Mesmo depois de tudo o que aconteceu, continuo com um forte sentimento de inferioridade, porque eu sinto que todos querem que eu seja algo diferente de mim mesmo.

Ser uma pessoa calma e tímida não é bom o suficiente, eu preciso ser agressivo pra ser respeitado pela matilha. Lendo uns versos de Augusto dos Anjos no livro de literatura da escola, me identifiquei bastante: "O Homem, que, nesta terra miserável, mora, entre feras, sente inevitável necessidade de também ser fera."

Nessas horas, gosto de lembrar da festa de aniversário de doze anos da Raquel. Ela era muito popular — tinha dezenas de amigos em volta dela, que eram muito mais bonitos, engraçados e falantes do que eu. Aquela noite começou triste, porque eu sabia que não poderia ser como eles, então me afastei e me sentei sozinho numa área descoberta, onde era mais fresco.

Debrucei-me e me distraí observando uma fila de formigas. Uma delas perdeu o rastro e parecia não saber o que fazer, correndo pra todos os lados. Alguns minutos haviam passado quando escutei uma voz: "Ei, eu tava te procurando! Finalmente consegui me afastar daquele povo!", então sorri enquanto a Raquel se sentava ao meu lado.

Acabo de escrever outro poema e envio pra ela pelo celular. São três da manhã numa terça-feira, mas eu não podia esperar. De repente, estar vivo é muito contagiante pra eu me limitar ao espaço da minha cama. Só as letras da Legião Urbana me entendem. Tenho escutado muito, porque me peguei atraído pelo carisma do Renato Russo, vocalista, já falecido, mas que parecia ser um esquisitão, tipo eu.

Palavras são erros, mas maior erro seria deixar de expressar o que sinto, principalmente quando a garota que se ama está a quinhentos quilômetros do seu toque. Eu realmente preciso dar um jeito de vê-la o quanto antes.

Não sei a que horas finalmente apaguei, mas vejo com apenas um olho aberto que são duas da tarde no meu relógio e meu pai está batendo à porta.

— João, você está aí?

— Oi, pai — respondo, após alguns segundos de confusão.

— Ainda dormindo? — ele me pergunta enquanto abre a porta e a janela, deixando a claridade arrombar minhas pálpebras.

— Fui dormir tarde. Fiquei escrevendo.

— Bom. Escrever é ótimo. Espero que não tenha herdado meu talento — ele brinca. Meu pai escrevia poemas quando era mais novo, mas acabou descobrindo que, como poeta, era um ótimo jornalista.

— Aconteceu alguma coisa? — pergunto, finalmente estranhando a animosidade pra me acordar.

— Ainda não, mas quero que você se arrume rápido, porque encontrei um assessor pra você, e ele deve chegar em uma hora.

— Nossa, tão de repente?

— Foi um achado, filho, porque ele é muito requisitado. Entrou em contato pelo meu editor, que me falou que ele se interessou pessoalmente pelo seu caso.

— Legal — é tudo que consigo dizer.

— Ele é novo, acho que tem menos de trinta anos, mas conhece muita gente e tem experiência. Conheço o trabalho dele, então eu te peço pra ouvir tudo o que ele tem a dizer. Acho que vai ser bom pra você.

— Se você acha que vai ser bom, então deve ser mesmo — digo sinceramente.

Meu pai me apresenta Cacá Moura duas horas depois do combinado, e a primeira impressão que tenho é a de seu forte aperto de mão. Fora isso, é impossível não voltar a atenção pra ele, tendo esse cabelo modernoso todo espetado. Pra ser sincero, ele chamaria a atenção de qualquer forma com quase dois metros de altura. Ele transmite uma vibração estranha, o tipo de pessoa que te encara sem piscar os olhos e sempre sabe onde enfiar as mãos. Preciso aprender a fazer isso também.

Eu já tinha sido avisado que ele tinha menos de trinta anos, mas olhando pro cara fica difícil precisar. Se ele dissesse que também está no ensino médio, acho que eu pensaria: "Por que não?" E acho que meu pai notou que eu estou divagando, como costumo fazer sempre que estou tímido demais pra começar uma conversa, então ele decide nos deixar por conta própria.

— Acho que eu mais iria atrapalhar do que ajudar, além de que tenho bastante trabalho pra fazer. Se precisarem de algo, é só me chamar.

Fico sob o olhar de Cacá por um instante que eu não sei dizer se são segundos ou minutos, mas logo ele quebra o silêncio.

— Tem Wi-Fi aqui na sua casa?

— Sim — respondo rapidamente. — É "Indiana", senha "4815162342".

— Os números de Lost?

— Sim — respondo novamente, contente por ele não ter falado "sequência Fibonacci" ou algo assim.

— OK, vamos lá. Se eu vou ser seu assessor, preciso fazer algumas perguntas, e você só vai poder me perguntar uma única coisa que quiser saber, tudo bem?

— Tudo bem — eu digo levantando uma sobrancelha, porque não quero contrariá-lo, mas é um pedido estranho.

— Número um: como você tem lidado com a fama? Pode ser estressante ter tanta gente desconhecida interessada em sua vida, e com meu trabalho isso pode aumentar a proporção.

Eu nem considerei mentir pro Cacá, e acho que nem poderia se quisesse, com seu olhar fixo sobre o meu, me impedindo de desviar.

— Estou tenso. Muito tenso. Tenho evitado postar qualquer coisa nas redes sociais, com medo da repercussão.

— Bom, isso não é o fim do mundo. Meu trabalho inclui consultoria para suas postagens e controle de engajamento — ele sai dizendo, como se eu soubesse o que significa aquilo tudo. — O que nos leva à questão número dois: qual o seu objetivo agora?

— Objetivo, tipo objetivo de vida?

— Correto.

— Nunca mais me sentir menor que ninguém — e conforme Cacá continua me observando em silêncio, entendo que eu posso continuar. — Nunca mais receber aquele olhar de menosprezo que diz "eu posso fazer o que quiser com você e sair dando risada". Meu objetivo é conseguir respeito.

— Eu posso te ensinar, mas isso exige muita disciplina, então só preciso que me responda à pergunta número três: você vai fazer exatamente o que eu te disser, sem questionar?

— Sim — respondo sem pestanejar, mas pela primeira vez na conversa não tenho certeza se fui completamente honesto. — Mas estou curioso, quanto meu pai vai ter que te pagar por tudo?

— Nada, nem um centavo.

— Então por que você tá fazendo isso?

— Já gastou sua pergunta — ele responde com um sorriso. — Te vejo amanhã.

Quero me encontrar, mas não sei se consigo nem se posso. Vai ver que é assim mesmo e vai ser assim pra sempre. Pelo menos quando estou sozinho não preciso fingir ser alguém que não sou. Já estamos em agosto, mas desde que conheci Cacá Moura não tive mais tempo de ver meus colegas. Também não fui visitar a Raquel, mas isso eu já esperava, embora eu tenha continuado a escrever pra ela.

Cacá tem me ajudado com o roteiro de alguns vídeos pra internet, falando sobre assuntos que parecem ser aleatórios, mas que na verdade mostram meu posicionamento sobre diversas questões e causas importantes que podem me servir no futuro, ou pelo menos é o que ele diz. Eu sou bastante cético, mas os comentários geralmente provam que ele está certo.

— Olha quem está vindo aí! — Daniel me saúda, assim que entro na sala de aula.

— Ei, galera, tudo bem? — pergunto.

— Tudo — Daniel responde por todos e então aponta a cadeira ao seu lado. — Senta aqui, Indy.

Meu amigo parece mais ansioso que o normal, mas não deve ser nada de mais, porque afinal não nos vemos há cerca de duas semanas. Estou mais preocupado em manter o papo furado de sempre e sobreviver a mais um semestre. Ao me sentar, sinto o olhar dos outros garotos, então aceno levemente a cabeça.

— Indy, a gente teve uma ideia ótima pra um vídeo — começa Daniel —, e queria que você desse uma lida no roteiro. A gente poderia ir na sua casa hoje pra gravar, o que acha?

— Na verdade, eu tenho um acordo com meu assessor de não gravar nada sem autorização, mas pode me passar o roteiro que eu mostro pra ele.

Daniel mantém seu olhar fixo em mim, enquanto coloca o papel impresso sobre minha mesa sem tirar a mão e diz:

— Mas nossa opinião também é importante, né?

— Eu vou mostrar pro meu assessor e depois te falo — é tudo o que eu digo. Por mais que tenha saído um pouco ambíguo, talvez seja interessante deixá-lo pensando até amanhã. Quem pensa que é pra tentar impor sua opinião assim? Se eu sou o Batman, ele é o Robin.

Em casa, ligo para o Cacá e leio para ele o roteiro que a turma escreveu.

— Esse Daniel está querendo uma fatia da sua torta — ele conclui.

— Tá bom, mas o que eu faço? Sinceramente, acho o roteiro ofensivo, mas podemos escrever outra coisa pra eles.

— Não é interessante pra sua imagem agora, porque precisamos focar em você e nos projetos que vão chamar atenção da imprensa. Inclusive, foi bom você ter ligado, porque tenho novidades sobre o *hangout*.

— Seus conhecidos toparam divulgar pra nós? — pergunto, com um leve tom de ansiedade na voz. Esse *hangout* é a primeira jogada que fazemos pra chamar atenção da imprensa, e na verdade depende de bastante divulgação, porque nosso objetivo é conseguir a participação de casos bem graves de *bullying* pelo país e colocá-los em uma conferência em vídeo ao vivo pela internet junto comigo.

Pela quantidade de mensagens de apoio que eu recebo todos os dias, imagino que não vai ser difícil juntar essa galera. Somando os seguidores em todas as minhas redes sociais, devo estar beirando os cinquenta mil, e o alcance dos meus vídeos é bem maior que isso, por causa dos blogueiros que estão sempre me divulgando.

— Você é tão sortudo — Cacá responde satisfeito. — Acontece que *bullying* é um tema quente na mídia, então mexi uns pauzinhos e consegui um espaço na TV pra transmitir esse evento. A emissora vai tratar de selecionar os outros participantes, bancar suas passagens pra São Paulo, hotel e tudo mais.

— Caramba! Isso é muito melhor! Isso é muito melhor, né?

— Sim — ele ri. — Isso é muito melhor. Depois te passo mais detalhes, porque por enquanto o quadro é só um rascunho, mas vai acontecer em breve.

Por mais que eu tenha uma intuição básica pra ler outras pessoas, eu continuo sendo praticamente um livro aberto pra qualquer um que prestar atenção, portanto o mais difícil agora vai ser não demonstrar meu bom humor enquanto conto as más notícias pro Daniel. Ele faz a mesma cerimônia de ontem, mas vou direto ao assunto.

— Então, Daniel, falei com o Cacá, e infelizmente não vai rolar esse vídeo por enquanto.

— E é isso? Ele decide tudo o que acontece no nosso canal agora?

— Bem, eu preciso dele. Mas não precisa ficar tão irritado. Deixa passar essa fase e a gente grava alguma coisa.

— Que merda — diz Leo inesperadamente, levantando a voz. — Que monte de merda.

Penso em dizer alguma coisa pra ele, mas a verdade é que eu e o Leo nunca fomos muito chegados. De qualquer forma, ele se levanta e sai andando. O Bruno e o Rodrigo parecem um pouco chateados, mas não dizem nada, pro meu alívio.

Meu celular toca. São oito da manhã de domingo e eu me amaldiçoo mentalmente por não ter colocado o aparelho no modo silencioso antes de dormir. Depois de esfregar os olhos, consigo enxergar o nome "Cacá Moura" iluminado na tela.

— João, preciso que você se levante e apague o último vídeo no seu canal — e percebendo minha demora pra compreender, emendou: — AGORA.

Quando acesso minha conta, percebo que não reconheço o último vídeo. Na descrição, vejo que já tem milhares de visualizações, apesar de ter sido publicado durante a madrugada, então não resisto assisti-lo antes de fazer o que o Cacá me pede.

A primeira coisa que noto é que a qualidade do vídeo não segue o padrão das gravações em alta resolução que faço em casa, mas a segunda é muito mais assustadora, porque são os quatro garotos da minha turma juntos falando uma versão do roteiro que o Daniel me deu.

O texto é horroroso e a maior parte dele trata de apontar as pessoas que sofrem *bullying* como responsáveis pelo seu próprio sofrimento. Pra quem está de fora, pode até parecer que eu concordo com isso, afinal eu meti o pé entre as pernas do Guilherme e deixei um vídeo na internet pra provar, mas mesmo que isso tenha acabado com as agressões que eu sofria, não posso concordar com a mensagem dita assim tão diretamente.

Estou tão irritado que não acho suficiente apagar o vídeo. Também mudo o usuário e a senha da conta do canal, impedindo que o Daniel tenha acesso novamente ou consiga solicitar a senha por *e-mail*.

Depois das provas semestrais, ainda antes das férias, tive vontade de falar com o Lucas novamente, pra não me sentir como um daqueles garotos que me tratavam bem pra conseguir as respostas dos exercícios e depois voltavam a me agredir quando um novo semestre começava. Bem, fora a parte das agressões, é exatamente assim que eu estava agindo até agora.

Eu não sei como conversar com o Daniel e os garotos sobre o que aconteceu, apesar de sentir falta deles, portanto não conversamos sobre nada. Quer dizer, eles estão conversando normalmente, embora riam com menos frequência do que antes, mas eu estou de fora. Foi assim que criei coragem pra falar com o Lucas, que continuou se sentando à minha frente mesmo depois do período de provas.

— Lucas, o que você gosta de jogar? — eu pergunto.

— Xadrez, principalmente.

— E *videogames*?

— Não tenho nenhum.

— Ah.

— Mas joguei uma vez — diz, com um sorriso tímido.

Não temos muito em comum, mas gosto de pensar que ele se sente melhor por não ter que passar todos os períodos calado. É fato que ficar quieto a aula inteira é bem melhor do que ser agredido a aula inteira, mas hoje já não acho que seja o melhor dos cenários.

— Toca algum instrumento? — Lucas pergunta.

— Não. Você toca? — pergunto animado, porque nunca conheci alguém que realmente soubesse tocar alguma coisa.

— Sim. Toco a gaita de foles desde pequeno.

— Gaita de quê?

— É tipo aquele instrumento do filme "Coração Valente".

— Toca mais alguma coisa? Violão, guitarra, bateria? — eu tento.

— Não.

— Ah.

Engraçado que há alguns meses eu preferia que as pessoas começassem os assuntos, mas agora tenho uma anotação mental pra sempre selecionar a pauta de conversas com o Lucas.

Acordo irritado com o celular tocando. São nove horas no sábado e eu fui dormir tarde, porque tive uma discussão besta com a Raquel sobre planos pro futuro. Algo sobre ela ter o sonho de ir morar na Inglaterra pra fazer faculdade e eu não conseguir aceitar isso. O nome do Cacá pisca na minha tela e eu atendo.

— João, boas notícias. Já conseguiram selecionar os alunos que vão participar do bate-papo. Libera sua agenda pro domingo da semana que vem, porque o programa vai ser ao vivo.

— OK.

— João, você ainda está dormindo? Olha, vou te mandar um *e-mail* com todos os detalhes. *Bye*.

— Falou.

É difícil, mas consigo vencer o sono, levantar e tomar café. Estou bastante animado com as notícias, agora que meu cérebro pegou no tranco. Conhecer outras pessoas com problemas parecidos com os meus é algo que me anima bastante. Nunca tive alguém com quem compartilhar experiências de *bullying* antes.

Como estou animado, fico horas falando com o Lucas e a Raquel pela internet sobre o evento. O Lucas insiste em mudar de assunto, e sinto que se ressente um pouco de mim, porque ele de certa forma consegue administrar sua falta de habilidades sociais o suficiente pra não ter a cabeça enfiada no lixo, mas isso nunca vai lhe deixar famoso. Já a Raquel está me enchendo de perguntas, o que de certa forma é bom, porque ajuda a amenizar nossa pequena discussão de ontem.

A cada dia fico mais ansioso, e sexta-feira é um dia que já traz uma ansiedade própria, então mal consigo manter minhas pernas paradas. O Lucas está mais quieto do que o normal e meu antigo grupo continua sem falar comigo, então nada tenho pra me distrair além dos exercícios que os professores passam.

— Lucas, aconteceu alguma coisa? — pergunto, mais querendo puxar assunto do que interessado.

— Não — ele responde com olhos arregalados, o que confirma o quanto ele é estranho. Se não quer conversar, tudo bem.

Senti o olhar do Daniel sobre meus ombros o dia inteiro, mas não o peguei olhando pra mim nenhuma vez até agora. Deve ser bobagem. Preciso focar na minha aparição ao vivo de domingo, ao invés de me preocupar com esse drama irrelevante.

O sinal do intervalo toca e o Lucas me segue, sem dizer nada. Continuamos andando, e começo a pensar nele como em uma versão de mim mesmo de meses atrás, sempre seguindo Daniel, calado, esperando que ele dissesse alguma coisa.

— Lucas, vou ao banheiro. Daqui a pouco te encontro no pátio — eu digo, tentando afastar esse pensamento.

Ao invés de sair andando, ele fica parado, olhando para os lados, como se estivesse decidindo se faria o que pedi ou se ficaria ali mesmo, esperando que eu voltasse. Por mais que o pensamento seja engraçado, estou apertado demais pra esperar que ele se decida, então entro logo no banheiro.

Geralmente o banheiro fica lotado pouco tempo após o sinal, então acho estranha a ausência de uma grande movimentação enquanto termino de me aliviar. Ao abrir a porta do reservado, escuto uma voz familiar: "Ninguém entra agora. As tias estão fazendo a faxina. Usem o outro."

— Olá, Uisquisito — diz Guilherme ao me ver.

— O que você quer? — pergunto.

— Uma chance de acertar as contas — diz Daniel, que estava assistindo do canto. — Ninguém vai interromper, porque o Leo tá na porta.

— Que merda é essa, Daniel? — eu pergunto.

— Eu fiquei muito puto quando você apagou o vídeo, então imagine como eu fiquei quando não consegui mais acessar o *nosso* canal de vídeos. Agora estamos quites — Daniel responde com o olhar mais frio que consegue me lançar, mas sei que ele está magoado.

Sinto tudo voltar: a sensação de impotência, de resignação, de fragilidade, mas dessa vez meu cérebro recusa essa sensação e sinto uma ânsia de estar no controle, de criar uma situação pra que eu nunca mais tenha de me sentir assim.

Perco o ar quando Guilherme me acerta um murro na barriga, e meus olhos lacrimejam. Ele nunca soube resistir a um discurso, então me agarra pela camiseta e aproxima seu rosto do meu pra dizer:

— Se eu mando, você faz, Uísque. Eu mandei você apagar aquele vídeo e gravar outro se explicando. E agora, o que você vai fazer?

Algo no meu olhar deve tê-lo alertado, porque pela primeira vez vejo um relance de medo em sua expressão antes de eu cravar os dentes em sua bochecha.

— Tira ele de mim! Tira! — Guilherme grita, mas o Daniel deve estar mais assustado ainda.

Eu mordo o mais forte que posso, fazendo doer meu maxilar, abraçando meu inimigo pra que ele não tenha muito como reagir, até sentir a dilaceração característica da carne. Quando finalmente volto à realidade, fico tão enojado que vomito meu café da manhã enquanto o Guilherme corre para fora dali.

— Valentões também caem — digo, me agarrando à pia. Então, respiro fundo e grito: — Valentões também caem!

CAPÍTULO SEIS

Eu chego à porta do meu quarto e vejo a escuridão de dentro dele, sedutora. Atravesso o batente com pressa, mas sem parecer desesperado, porque meu pai pode estar me observando do corredor, mas, quando eu entro, o escuro me abraça carinhosamente.

Choro com raiva, mas sem gritar mais do que Renato Russo em "Há Tempos" no volume máximo do meu computador. Meu pai não vai se importar com o barulho. Não hoje. Afinal, se minha voz tivesse mesmo força igual à imensa dor que sinto, meu grito provavelmente ia acordar toda a cidade.

Mesmo que eu tenha escapado da expulsão do colégio com uma suspensão, eu não quero voltar pra lá nunca mais. O Daniel era mais importante pra mim do que eu pensava, e agora eu sei que perdi meu amigo pra sempre.

Por que eu tenho que ser tão diferente? Eu queria ter os mesmos assuntos e as mesmas opiniões que todo mundo, mas eu não consigo, e agora eu faço qualquer coisa que o Cacá diz. "Oi, sou um cara famoso que aparece na televisão, e meu único amigo é meu assessor." Parabéns pra mim. Não estou com sono, mas quero tanto dormir que eu sei que vou apagar assim que fechar os olhos. Eu fecho os olhos.

Eu achei que não ia me importar de filmar ao vivo em um estúdio da TV, porque eu já gravei uma entrevista em casa, mas isso é completamente diferente. Aqui, todo mundo parece saber o que faz, enquanto eu não sei nem onde sentar. Vi um monte de gente famosa durante o almoço no refeitório, mas até ali eu estava conseguindo me controlar. Agora que estou na coxia e tem um microfone na minha mão, não consigo parar de tremer.

— Cinco minutos — alguém diz, mas não vejo quem é nem me importo.

Os garotos e garotas que vão entrar comigo parecem estar bem mais tranquilos do que eu, com algumas exceções. Chamaram oito alunos bem diversificados do ensino médio, então ouvi algumas atrocidades, como um garoto que teve que correr pra casa com um corte na cabeça, porque um repetente de sua sala bateu nele com um tijolo. Agora ele não para de dizer que tem medo de sofrer represália por falar sobre isso na TV.

Por sorte, antes que mandassem a gente parar de conversar — pra não "esgotarmos as pautas" —, fiz amizade com um garoto e uma garota. Eles estavam discutindo sobre qual era a melhor maneira de lidar com o *bullying*, e eu provavelmente fiz papel de juiz, interessado em ambos os argumentos. Victor Reis, um carioca bastante enérgico e cheio de tiques, dizia que a melhor maneira seria devolver na mesma moeda, enquanto Julia Benitez, paulistana como eu, acreditava em uma solução mais pacífica.

— Entrou o comercial! Podem entrar! — diz a mesma voz de antes.

— Me desculpe, o quê? — pergunto, atordoado. Estou tão concentrado em segurar o microfone com firmeza que não consegui ouvir a pergunta.

— Seu apelido — repete Jaime Benner, o apresentador do programa. — Por que Indiana, João?

— Hã, bem... Foi algo natural depois que meu vídeo se espalhou, sabe, que as pessoas comparassem o que eu fiz com um filme do Indiana Jones.

Não sei por que eu minto, até porque eu nunca conversei a respeito disso com o Cacá nem com ninguém que não fosse da minha turma na escola, mas acho que seria um pouco ridículo dizer que eu mesmo inventei meu apelido e impus sobre as pessoas. Apelidos geralmente são impostos sobre nós, não o contrário. Entretanto, eu jamais pretendo atender por "Uísque" novamente na minha vida.

— João, você considera que o *bullying* que sofreu pode de alguma forma ser comparado ao que Indiana Jones passa nos seus filmes? — Jaime pergunta, insistindo no assunto, o que me deixa irritado.

— Tudo que o Indiana dos filmes passa, é porque ele foi atrás — respondo e percebo que estou falando bem alto. — Não é como se ele estivesse quieto, dando suas aulas na faculdade, e alguém jogasse ele num fosso cheio de cobras. Tudo que eu sempre quis foi assistir às aulas e ser deixado em paz.

— Eu troco as agressões que eu sofro por um fosso cheio de cobras a qualquer momento — diz Victor, bastante nervoso. — Já me apontaram uma arma na saída da escola, pra que eu entrasse num carro de um desconhecido e só saísse na hora que ele mandasse. Eu continuo vivo, mas nós andamos por horas. HORAS. Sabe quanta coisa passou pela minha cabeça nesse tempo todo?

— Nunca tive uma arma apontada pra mim — diz Julia, que parece estar mais nervosa do que eu agora —, mas já faz um ano que eu não participo do intervalo — e então ela para de falar, como se estivesse ponderando sobre o que dizer.

— Quer continuar, Julia? — pergunta Jaime.

— Parece estúpido, quando eu falo — continua Julia, e posso ouvi-la respirar fundo. — Eu sou a única ruiva da escola, e tenho sardas. Só por isso tentam colocar fogo nos meus cabelos. Na sala, as meninas me puxam pelos fios. Uma vez, até arrancaram um punhado e doeu muito, mas pelo menos ninguém acende isqueiros na frente do professor.

— João — chama Jaime —, é verdade que as agressões diminuíram depois que seu vídeo fez sucesso na internet?

— Diminuíram por um tempo — respondo, ainda pensando no que acabei de escutar. Nunca havia conhecido outras pessoas que sofrem *bullying*, então eu não fazia ideia de que esse tipo de coisa poderia acontecer.

— João — chama Jaime novamente, provavelmente por perceber meu olhar distante. — Qual seria a solução, na sua opinião, pras pessoas que sofrem *bullying* diariamente?

— A solução, Jaime, é bater primeiro — eu digo, mas não parece minha voz. Nem parece que estou ali, apenas uma sombra de ódio do que sou. Minhas mãos não tremem mais.

— Como? — pergunta Jaime, agora parecendo mais perdido do que eu.

— Ainda acho que é possível consertar as coisas com diálogo — diz Julia, tentando remediar o que eu falei. — Recentemente fiz uma amiga na escola, e isso tem me ajudado muito.

— Não — diz Victor, agora tão nervoso que é possível ver seu olho direito tremendo. — O João tem razão. Não adianta conversar com quem não quer ouvir. Algumas pessoas só respeitam a violência. Quer ser respeitado? Dê o primeiro chute no saco — e esta última frase provoca risadas nos demais participantes.

— Valentões também caem — eu falo, com o mesmo ódio de antes, ainda sem reconhecer minha voz.

— Valentões também caem! — entoa metade dos meninos presentes, enquanto a outra metade diz "Não é assim!", "Tem outras maneiras!", e a Julia, curiosamente, abaixa a cabeça e deixa uma mão na frente do rosto.

— Pessoal, pessoal! — chama Jaime. — Acho que a Julia tem razão, não? Vamos falar um pouco sobre o que a escola poderia fazer pra ajudar.

— As escolas preferem não ver, isso quando não cooperam — eu continuo. Estou pegando fogo por dentro.

— Tenho um professor que pratica *bullying* — replica Victor. — Ele vive me chamando de "Dumbo", por causa das minhas orelhas. Levei o assunto pra diretoria e o professor convenceu todo mundo de que eu tava paranoico.

— Não estou muito longe — eu digo. — Tenho um professor que dá risada de tudo que os *bullies* fazem. E o que dizer da coordenação? Anteontem fui emboscado no banheiro e fui suspenso por me defender. Quase fui expulso.

— Então você está dizendo que às vezes a violência pode ser justificada? — pergunta Jaime, ainda visivelmente atordoado.

— O problema não é esse, Jaime — respondo. — O problema é que a escola só se preocupa com a violência quando ela deixa uma marca visível.

Ao som de concordância cada vez maior dos presentes, Jaime pede o comercial. Não estou me sentindo melhor por ter falado tudo aquilo, mas me sinto justificado. O olhar de cumplicidade de Victor me alivia a consciência, enquanto a expressão pensativa de Julia me deixa mais reflexivo por um instante. De repente estou sem vontade de dizer mais nada.

— Acho que esse é o nosso fim.

Cacá não havia me falado uma palavra enquanto caminhávamos para o carro, mas acho que eu não percebi, porque estava perdido nos meus próprios pensamentos. Viro a cabeça para encará-lo. Não sei do que ele está falando. Por acaso eu não vim ao programa? Não conversei com todas as garotas e garotos? Um assistente de produção me contou, inclusive, que o programa atingiu um pico de audiência durante o quadro. O Cacá devia saber que isso é uma coisa boa.

— Você concordou — Cacá continua. — Quando nos conhecemos, você disse que ia fazer tudo que eu falasse, mas eu me lembro de ter pedido especificamente pra você continuar defendendo sua posição de acabar com o ciclo de violência.

— Fala sério! Nem foi tão grave assim — explodo. — Você não tava naquele banheiro, não viu a cara do Guilherme, não ouviu o que ele me disse, então não fala como se você soubesse o que é ser quem eu sou!

— Tudo bem, talvez eu não saiba isso, mas sei que o que você fez foi errado.

— E daí que eu falei pra galera bater primeiro? Desde quando alguém faz o que eu digo?

— Desde que aquele seu vídeo caiu na internet. Nesse momento, você passou a ter mais influência sobre as pessoas do que imagina.

— Não acho que eu tenha nada a perder com isso, então não começa. Se quer tanto me abandonar, então vai.

— O que eu acho é que tem alguma coisa te perturbando — ele diz, e eu percebo que estou sendo analisado. — Uma garota? Você está gostando de alguém?

— E o que a Raquel tem a ver com isso? — entrego, no calor do momento.

— Raquel. Você está saindo com ela?

— Não. Na verdade, ela é uma amiga de infância, mora em Belo Horizonte, então só conversamos pela internet. Não tem nada a ver com o que aconteceu hoje.

— E ela corresponde a seus sentimentos?

— Ela não sabe de nada ou pelo menos finge que não sabe. Sei lá. Não importa, é estúpido.

— Entendi — ele diz, e finalmente engata a ré para sairmos do estacionamento e ir para casa.

Como eu estou suspenso da escola até a semana que vem, passei os últimos dois dias jogando *videogame*, sem ânimo para a academia, ouvindo Beatles, só pra dar uma variada, e escrevendo mais poemas pra Raquel. Ela compreendeu totalmente o que eu disse na TV, acho que em parte porque ela ainda se lembra de quando me chamavam de "substância do mamão" na escola e o quanto isso me machucava. Era um apelido estúpido, embora, mais estúpido ainda, fosse o motivo que me ganhou o apelido.

Eu estava fazendo uma apresentação na aula de ciências sobre os nutrientes encontrados nas principais frutas, algo que me aterrorizava. A parte da apresentação, não das frutas, claro. Anos atrás eu era muito mais tímido do que agora, principalmente agora que apareço na televisão. Peguei a minha folha com as falas e comecei falando muito baixo, torcendo pra aquilo acabar logo: "As substâncias do mamão...", mas não pude continuar, porque alguém gritou "O quê? Não ouvi o que ele disse."

Percebi pelo burburinho que ninguém havia entendido o que eu disse, então repeti, um pouco mais alto: "As substâncias do mamão...", mas fui interrompido de novo. O pior foi que dessa vez a interrupção veio da professora, que ainda por cima começou a dar risada. "Querido, pode falar mais alto, por favor?" Mas nesse ponto eu já estava muito irritado, porque todo mundo começou a dar risada, já que a própria professora estava se dando ao luxo de rir, então enchi os pulmões e gritei "SUBSTÂNCIA DO MAMÃO!"

Claro que, além de receber o apelido, um dos meus colegas idiotas criou uma comunidade na internet com o mesmo nome, então convidou todos os meus outros colegas idiotas pra serem membros. Os tópicos giravam em torno do meu sotaque, de como eu era ruim no futebol, sobre a possibilidade de a minha baixa estatura ser causada por nanismo, e só pararam de ser atualizados completamente quando eu estava no nono ano. Felizmente, redes sociais surgem e morrem rapidamente, nesse caso matando a tal comunidade junto.

Tive mais sorte com a internet depois, obviamente. Os grupos sobre mim que existem hoje são muito mais lisonjeiros, como "Indiana João contra o reino de babacas" (vinte e um mil membros) e "João Galeto para presidente" (treze mil membros), que são os meus favoritos.

Será que isso conta como um apelido que eu mesmo inventei? Acho que não, porque eu estava apenas irritado. Quem resolveu me chamar daquele jeito foram os meus colegas de sala. Alguém foi suspenso por me colocar um apelido idiota? Não. "É um apelido inofensivo", devem ter pensado, então só a Raquel ficou do meu lado e brigava com qualquer um que me chamasse assim na frente dela. Infelizmente, ela era um ano mais nova, então não tinha muito que pudesse fazer durante a aula.

Ouço meu pai me chamar, o que provavelmente tem algo a ver com a campainha que tocou uns instantes atrás, então vou até a sala. Meu pai diz que são meus colegas da escola, o que é muito estranho, considerando que os únicos amigos que meu pai conhece são os que não falam mais comigo. Será que o Daniel teria se arrependido? Não se joga uma amizade de mais de dois anos fora assim, eu devia saber. Ao abrir a porta, encontro o Rodrigo e o Bruno à minha espera.

Não quero fazer perguntas na frente do meu pai, então minha curiosidade vai crescendo conforme levo os meninos para o meu quarto. Eles parecem sorridentes demais para ter más notícias, mas eu posso estar enganado, como já estive muitas vezes. Fecho a porta e nos sentamos em almofadas no chão.

— Cara, foi assustador te ver na TV — Rodrigo começa. — Finalmente entendi por que você era contra aquele roteiro do Daniel. Era uma supermensagem de ódio. O que eu e o Bruno não tínhamos entendido era por que você teria mudado de ideia e falado uma mensagem ainda pior no programa.

— A gente também não tinha entendido por que você tinha feito aquele corte na cara do Guilherme — diz Bruno. — A gente não sabia do plano de te encurralar no banheiro, então desculpa por não ter vindo antes. Mas, João, esse negócio de ódio não resolve nada. Só piora as coisas.

— Entendemos por que você fez o que fez, mas a gente quer saber se é possível deixar isso pra trás — diz Rodrigo. — Não estamos mais falando com o Daniel nem com o Leo depois dessa, então o que acha de a gente retomar nossa amizade?

— Como vocês ficaram sabendo? — pergunto.

— A Mari chegou na gente no intervalo e falou que era pra gente deixar o Guilherme em paz — responde Rodrigo.

— Aí eu falei "Quê"? — diz Bruno. — E aí ela falou "Se vocês não são machos o suficiente pra quebrar a cara daquele seu amigo esquisito sozinhos, problema de vocês!", aí ela saiu pisando firme. Louca.

— Depois a gente acabou perguntando pro Daniel se ele sabia do que ela tava falando, e ele entregou o jogo — diz Rodrigo.

— Uau — eu digo.

— Escuta — diz Rodrigo —, seu pai tá bravo contigo? Ele parecia de mau humor quando abriu a porta.

— Ele não tá feliz, isso é certeza. Foi tenso pra ele na sexta-feira, porque ele sabia que eu tava só me defendendo, mas a coordenadora não viu desse jeito. E o pai do Guilherme nem pensou em me processar. O cara é pior que o filho. Disse que é normal homens brigarem.

— Então, por que seu pai ainda tá irritado? — Rodrigo pergunta.

— Ele acha que a escola pode repensar minha permanência depois do que eu disse na TV. Algo sobre difamação, mas tenho certeza de que não vai dar em nada, porque eu não citei nomes.

Todos fazem silêncio, e eu não sei direito como interpretar isso. Será que concordam comigo ou estão apenas sendo solidários? Na verdade, não importa. Não quero pensar no que vai acontecer semana que vem, de qualquer maneira, então é melhor mudar de assunto.

— Querem jogar *videogame*? — eu pergunto.

— Sim! — diz Bruno, sorridente.

A coordenadoria nunca me pareceu tão repressora antes. Aquela luz pálida tirando a cor de tudo o que era vivo, aqueles livros com capas sorridentes e cínicas ao mesmo tempo, e a expressão impassível da Denise, que agora parecia mais bruxa que princesa. O que ela fez no cabelo? Parece todo desgrenhado hoje.

— João, se quisermos fazer essa relação funcionar, precisamos confiar um no outro, certo? — diz a coordenadora, olhando fixamente para mim. Eu não respondo.

— Certo — ela continua. — Tive uma reunião com os docentes na semana passada, e ficou definido que algumas medidas são necessárias pra evitar que o seu, uh, desconforto continue.

Não acredito que ela esteja diminuindo o que eu sinto dessa maneira, chamando de "desconforto", mas não vou interromper, porque estou curioso. O que ela está planejando? Câmeras de vigilância? Seguranças? Detectores de metal? Polígrafo? Correntes?

— Pois bem — ela continua, depois de um suspiro discreto. — Estamos planejando contratar mais inspetores para os banheiros, instalar câmeras nos corredores — acertei esse! — e aplicar uma política de zero tolerância em relação a *bullying*. Nenhum apelido, mochila escondida ou empurrão será tolerado.

Continuo encarando pacientemente, porque sei que isso não vai sair de graça. Percebo que ela estava esperando uma reação mais animada, como se eu pudesse ser tão inocente depois de tantos anos sendo vítima de "brincadeiras" dos meus colegas.

— Mas — ela diz pausadamente —, isso exige investimento, e muitos pais estão preocupados depois do que você disse na TV. Eu preciso que você pelo menos grave um novo vídeo explicando que a escola está fazendo o possível pra que seus alunos não se sintam, uh, desconfortáveis.

— Que tal se eu gravar esse vídeo depois que eu ver os resultados? Que garantia eu tenho de que tudo isso vai ser feito?

— João, você foi o responsável pelo risco no carro do professor Jeferson no final do semestre?

— Não! — respondo, talvez rápido demais, o coração acelerado num instante. — Não sei nada sobre esse risco.

— O carro do professor foi riscado no último dia de aula do semestre passado e ainda não encontramos o responsável. No entanto, um aluno veio até mim e disse que foi você. — *Maldito Daniel. Tem que ser ele.* — Tenho sua palavra de que você não fez isso?

— Sim. Claro.

— E você tem minha palavra de que eu vou fazer o que prometi. Confiança, certo?

— Certo — admito, derrotado.

Desde que participamos do programa na TV, eu, Victor e Julia mantivemos contato pela internet. Nem sempre as conversas são tranquilas, mas eu gosto de uma boa discussão, porque é estimulante e me ajuda a ter ideias que eu normalmente não teria sozinho. O Victor foi o primeiro a me perguntar por que eu havia gravado o vídeo que a Denise pediu. Ele parecia revoltado demais, mas acho que entendo o sentimento.

Como esperado, as visualizações desse vídeo estão bem altas. Um grande *site* de notícias até escreveu uma matéria interessante sobre isso. Infelizmente, eles não sabem que fui praticamente coagido a gravá-lo, mas de certa forma estou colhendo o que plantei, e agora preciso pensar em uma maneira de lidar com o Daniel. Essa traição não vai ficar impune.

João Vitor Galeto
Vc tá aí?

Victor Reis
Opaa.

João Vitor Galeto
Cara, ainda tou mto irritado com oq o Daniel fez.

Victor Reis
X9 não merece perdão. É oq eu penso.

João Vitor Galeto
O que vc faria?

Victor Reis
HAHAHA. Mtas ideias.

João Vitor Galeto
Me fala uma.

Victor Reis
Sei não.

João Vitor Galeto

Fala po.

Victor Reis

Acho q vc tem q fingir q nem tá com raiva nem nada. Se td mundo pensar q não tem ressentimentos, depois não vão suspeitar se vc fizer alguma coisa.

João Vitor Galeto

Certo.

Victor Reis

Depois disso, vc acaba com ele. Qual a coisa mais imperdoável q vc poderia fazer?

Essa pergunta me faz pensar por um tempo, até que me lembro de algo. Eu e o Daniel sempre tivemos as senhas de internet um do outro. Pensávamos que isso seria útil, caso um de nós morresse ou algo assim, afinal jamais passaríamos nossas senhas para nossos pais. Agora ele não tem mais as minhas, porque eu mudei, mas fiquei pensando se ele teria se lembrado de mudar as dele.

O Daniel sempre foi mais descuidado do que eu com essas coisas. Uma vez ele pegou vírus, porque clicou num *link* que dizia "Veja as fotos da nossa festa, ficaram ótimas!!" Isso porque ele nem conhecia o endereço que enviou o *e-mail*. Digito seu usuário e a senha que eu tenho anotada e pressiono *Enter*. Funciona.

CAPÍTULO SETE

Fuçar nas conversas pessoais do Daniel é uma coisa que eu nunca fiz antes, porque eu o respeitava e confiava nele. Agora, não existe mais respeito nem confiança. A minha vontade é de realmente fazer algo "imperdoável", como disse o Victor, mas pra ser sincero não sei o quão longe eu seria capaz de chegar.

Acesso suas últimas conversas, mas não encontro algo que possa ser usado. Uma janelinha começa a piscar, então abro para ver o que é. Percebo que nunca me dei ao trabalho de adicionar o Leo na minha lista de amigos, porque mal reconheci seu nome completo, apesar de ouvi-lo quase todos os dias na hora da chamada.

Leonardo Leme

ow, eu sei oq vc disse, mas contei pra denise q o uisque zuou o carro do fessor

Imediatamente subo o cursor para ler as mensagens anteriores e percebo, fazendo isso, que o Daniel ainda está magoado, mas pelo menos não parece muito ansioso pra me sacanear, talvez por medo do que viu no banheiro.

Quase todas as mensagens do Leo sugerem me bater, fazer montagens de mim dentro de uma garrafa de Uísque e postar na página da escola e depois ainda jogar ovos em mim na saída. Mesmo assim, o Daniel continua a negar suas vontades.

Eu continuo magoado com o que o Daniel fez, mas agora sinto mais raiva do Leo, principalmente por ter me delatado pra coordenadora. Durante todo o ensino fundamental e médio até agora, colocaram na minha cabeça que ser um *dedo-duro* era o pior crime a ser cometido, completamente imperdoável, e agora fui vítima disso também.

Pra falar a verdade, o que me dá mais raiva não é que eu fui delatado, mas saber que passei tanto tempo protegendo pessoas que me maltratavam diariamente, respeitando um código de ética imbecil. Mafiosos não se deduram nos filmes porque todos eles se ajudam. Eu estava sendo fiel aos meus colegas sem receber nada em troca, além de agressões.

Não quero dar o braço a torcer à coordenadora, mas lembro que ela disse algo parecido e eu não ouvi no dia. Talvez nem tudo o que ela diga seja descartável, afinal.

Conto o que eu li pra Julia, que por algum motivo pensa que eu e o Daniel seremos amigos de novo. Decido não contar nada ao Victor, senão ele vai querer pegar um ônibus até aqui só pra quebrar a cara do Leo pessoalmente. Gosto da energia que ele tem, mas sua personalidade pode ser assustadora às vezes.

A academia é um ótimo lugar pra esvaziar a mente. Meu exercício favorito é o supino, porque deixa meu peito mais estufado, como se eu fosse um super-herói. Escolho o peso no aparelho, deito e começo a levantar a barra enquanto minhas preocupações vão embora. Inspiro, desce, expiro, sobe. Escuto "João, não sabia que você vinha aqui" e quase deixo a barra cair em cima de mim.

— Julia? — consigo dizer, depois de prender a barra no suporte. Ali estava ela, sorridente, como se eu fosse uma boa notícia.

— Escuta, João, eu tô saindo em alguns minutos. Tá a fim de tomar um café depois?

— Err, claro.

A noite estava fria, então ficamos bem colados um no outro. Depois do banho na academia, ela soltou os cabelos e eu notei uma falha enorme do lado direito, mas tentei não fixar o olhar, por educação. Eu sei como é quando tudo o que as pessoas conseguem ver são os seus defeitos, e eu não quero ser uma dessas pessoas.

Mesmo assim, acho que a Julia fica ainda mais bonita depois de fazer exercícios. Não entendo como ela pode ter tantos problemas na escola sendo tão linda assim. Vai ver, é esse o problema; você não pode se destacar de maneira alguma. Não pode ser tímido demais ou bonito demais ou ruivo demais. Tem que se manter mediano se não quiser ser encostado no banheiro.

— Você precisa falar mais comigo pela internet — Julia diz. — Se eu soubesse que íamos pra mesma academia, podíamos ter combinado de ir juntos.

— Por que você vai pra essa academia? — pergunto, temendo ter soado grosseiro.

— É a mais próxima da minha casa. Você sabe, se não for perto, a gente acaba deixando de ir. Inclusive, acho que essa é a primeira vez que te vejo. Começou agora?

— Não, mas por um tempo fiquei sem ânimo pra malhar.

— Tem a ver com a situação que você me contou no dia do programa do Jaime?

— Sim.

Não estou com vontade de conversar, porque não quero falar sobre o Daniel, e é a única coisa que consigo pensar agora. De qualquer forma, está bem agradável apenas ficar em silêncio e bebericando um café *espresso*. Tenho a impressão de que se passou mais ou menos um minuto quando tomo coragem de perguntar:

— O que aconteceu com seu cabelo?

— Achei que nunca fosse perguntar — ela responde, rindo. — Desde que fiz uma amiga, voltei a frequentar o intervalo, e tem esse menino que fica me observando. Ele não é da minha sala.

— Ele cortou seu cabelo? — pergunto, espantado.

— Não, seu tonto. Deixa eu contar. Acontece que esse menino tem namorada, e ela não ficou nada feliz quando percebeu o que ele fazia, então ela veio pra perto de mim quando eu estava comendo e passou a mão nos meus cabelos, dizendo o quanto eles eram "diferentes".

— Que menina estranha.

— Pois é. Fiquei sem reação, mas ela foi embora logo. Só quando eu estava indo pra sala que minha amiga percebeu que tinha um chiclete grudado onde deveria ter cabelo, vê?

— Então você mesma cortou?

— Eu não queria ficar até o final da aula com aquele troço grudado em mim.

Talvez, se eu não conhecesse a Raquel, eu poderia me interessar pela Julia. Conversando com ela, dá pra perceber que ela não é tão normal quanto eu imaginava. Às vezes ela tem esse olhar distante, de quem está olhando pra dentro de si, e eu sei o quanto esse tipo de coisa boba pode causar problemas na escola. Mesmo assim, decido que gosto bastante dela.

— Eu queria estudar na sua escola — ela diz, e eu não sei o que responder —, mas minha mãe preferiu me matricular no colégio católico. Bem cristão da parte daquela menina fazer isso comigo.

Acordo assustado. Sonhei que minha mãe estava morta. É estranho, porque tenho tanta coisa na minha cabeça atualmente, além de que faz dois meses que não nos vemos nem nos falamos. Vai ver essas coisas são assim mesmo, acontecem quando a gente não está esperando. Sei que meu pai às vezes conversa com ela por telefone, mas saber isso não diminui minha apreensão.

Ouço o telefone chamar um, dois, três toques.

— Alô.

— Mãe, você tá bem? — e sei que pareço agitado pela minha voz, mas não me importo.

— João? Eu estou bem. Aconteceu alguma coisa? — ela pergunta sem qualquer alteração na voz.

Se aconteceu alguma coisa? Vejamos: Bebi cerveja no apartamento de um desconhecido, risquei o carro de um professor e mordi o rosto de uma pessoa. Se, no episódio do chute, minha mãe já tinha pirado, imagina o que ia acontecer se eu contasse tudo o que aconteceu depois.

Começo a chorar, porque percebo que sinto muito a falta dela. Por mais que tenhamos nossos atritos, nunca passamos mais de uma semana longe antes de eu me mudar, e agora nem nos falamos mais. Sei que ela faria de tudo por mim, exceto me entender, então eu gostaria de poder apagar tudo de ruim que nós falamos um pro outro, mas eu não posso, porque foi tudo verdade. Só tem uma coisa que eu posso fazer agora.

— Me desculpa — digo com a voz meio embargada, então limpo a garganta —, eu devia ter ligado antes.

— Filho, só me fala primeiro se está tudo bem com você.

— Sim, eu estou bem.

— Ótimo.

Então ficamos um tempo em silêncio, o que me ajuda a recuperar o fôlego. Minha mãe não morreu, o universo está em equilíbrio novamente. Também aproveito pra pensar nas coisas que eu quero falar, além daquelas que eu não quero. Não vejo motivo pra conversarmos sobre os assuntos que nos levaram a brigar, agora que não moramos juntos.

— Acho que você precisa se arrumar pra ir à escola — ela diz, finalmente. — Quer que eu passe aí depois do trabalho?

— Quero.

Como eu imaginei que seria, à minha frente está o Daniel estendendo a mão para pedir trégua. Eu sabia que isso ia acontecer, mas agora não sei o que fazer. Eu ainda não o perdoei. Como poderia? O cara planejou o meu espancamento quando tudo que eu fiz foi mudar a senha do canal dos nossos vídeos.

— João, eu fiz uma coisa estúpida porque eu não tava pensando direito. Você me deixou muito irritado, porque eu sou orgulhoso, você sabe.

— Isso não me parece um pedido de desculpas.

— Caramba, João. Não tô pedindo pra gente voltar a ser amigos. Tudo que eu quero é que a gente pare de se atacar.

Fico um pouco chateado por ouvir que ele não está nem tentando ser meu amigo de novo, mas aperto sua mão mesmo assim. Fico satisfeito em pensar que estou ao mesmo tempo sendo fiel ao que eu quero fazer e seguindo a recomendação do Victor. Anotação mental: não dar tanta atenção ao que o Victor fala.

O Rodrigo aprova minha atitude imediatamente, enquanto o Bruno fica um pouco confuso, mas não cria caso, porque tem seus próprios problemas. Ele nos conta que um garoto do 2ºA inventou de chamá-lo de "japaguei". Ou "japa *gay*", não sei exatamente qual. Só sei que seria uma ótima oportunidade para cobrar a tal "tolerância zero" para *bullying* da coordenadora, se ela estivesse na escola hoje.

O Lucas não tem coragem de olhar pra mim, como pude observar durante todo o dia, o que deve ser uma coisa boa. Não tenho raiva dele, porque sei que ele deve ter sido coagido, mas no fundo estou magoado, porque tentei ser seu amigo e ele não retribuiu o esforço. Acho melhor mesmo que a gente não se fale por algum tempo.

— Você estava bonito na televisão — diz minha mãe, enquanto comemos pizza à noite.

Nenhum comentário sobre o que eu falei na TV nem sobre eu não ter ligado antes nem sobre meu cabelo estar muito grande, o que é mais impressionante do que os outros dois itens. Hoje é um bom dia. Eu gostaria que tudo pudesse ser sempre assim. Nenhuma briga na escola, nenhuma discussão em casa, nenhuma dúvida na cabeça.

Sinto falta da minha mãe no dia a dia, mas fico feliz de

mostrar pra ela que eu posso fazer as coisas do meu jeito e que o mundo não vai acabar por causa disso. Ainda não me sinto adulto, mas sinto que preciso testar o mundo, testar os meus limites, me arriscar. Sim, hoje é um bom dia.

A primeira coisa que faço ao ouvir o Guilherme falando muito alto durante o intervalo é me certificar de que não se dirige a mim. Não à toa, porque, depois de denunciarmos o menino que estava provocando o Bruno, descobrimos que o babaca faz parte da nova panelinha do meu arqui-inimigo. No entanto, é pra Mari que ele está olhando enquanto grita, o que me dá um certo alívio.

— Vai embora, então! — Guilherme continua. — Tá se achando a última bolacha do pacote? Vai ver se outro te aguenta!

— Vou mesmo! E você trata de correr atrás daquelas *vadias* pra ver se alguma te quer de volta! — Mari grita de volta, ao que os espectadores da briga gritam e ovacionam.

O fato de que ela está chorando enquanto corre para o banheiro me deixa um pouco mal por ter sentido alívio, mas não há o que eu possa fazer, já que ela me odeia. Queria que todos os casais pudessem ser tão amigos quanto eu e a Raquel. Não que a gente já seja um casal, mas é assim que nos imagino no futuro.

— Essa Mari é louca — diz Rodrigo.

— Por quê? Não que eu discorde — conserto logo —, mas por que diz isso agora?

— Fiquei sabendo pelo Leo, umas semanas atrás. Ele disse que a menina é tão ciumenta que ligou pra todas as meninas da agenda do celular do Guilherme.

— Mas e aí?

— Ela irritou umas ex-namoradas dele que irritaram ela de volta. A Mari queria que ele ligasse pras meninas em defesa dela.

— Imagino que ele não tenha feito isso — digo, sem conter a risada.

— Pior. Me falaram hoje que ele acabou ligando, mas pra pedir desculpas.

Fico muito irritado ao entrar na internet, porque novamente vejo uma foto do cara que eu não conheço abraçado com a Raquel. Roberto. Quem é Roberto? Pergunto a ela quem é e ela responde que é apenas um amigo, mas acho que é pior do que se ela simplesmente tivesse dito que estava apaixonada. Sinto meu sangue subir à cabeça enquanto começo a investigar o perfil do sujeito. Percebo pequenos flertes entre os dois, mas nada conclusivo.

Já passou da hora de eu rever a Raquel. Sinto que estou perdendo tempo enquanto outros caras se aproximam dela espreitando, aguardando um momento de vulnerabilidade pra atacar. Ninguém nunca vai sentir por ela o que eu sinto, e eu sei que esse sentimento vai durar pra sempre. Como será que ela se sente quando pensa em mim? Será que ela pensa em mim? Preciso olhar nos olhos dela e perguntar.

Esta noite está bem mais morna e agradável do que na primeira vez que nos vimos na academia, então eu e a Julia não ficamos tão próximos, mas é sempre agradável passar algum tempo com ela. Tive medo que ela pudesse estar pensando em mim como algo mais que um amigo, mas ela parece bem aberta para conversar sobre a Raquel, o que é ótimo, porque só tenho pensado nela ultimamente, mas de repente a conversa muda para o Victor.

— Você tem visto as coisas que ele escreve no *blog*? — ela pergunta.

— Não. Acho que só entrei uma vez, mas não tive muita paciência de ler. Os textos são muito longos.

— Acho que você deveria ver, porque eu tô ficando preocupada. Na última postagem, ele parecia tão depressivo que eu achei que fosse se matar.

A verdade é que tenho evitado o Victor nos últimos dias, porque ele parece muito obcecado com a minha vida. Fica se metendo demais nas minhas decisões, como se eu tivesse a obrigação de servir de inspiração pra ele. Chegou até a sugerir que eu deveria usar a senha de internet do Daniel pra incriminá-lo em relação ao risco no carro do professor. Mesmo assim, talvez eu devesse tentar conversar com ele hoje mais tarde.

— Disse que ninguém entendia o que ele passava — continua Julia —, a não ser seus "irmãos", que eu acho que somos nós.

— "Irmãos" — experimento a palavra na boca. — Você acha que o *bullying* nos une de maneira tão forte assim?

— Tudo que eu sei é que, desde o dia que nos conhecemos e pudemos compartilhar tudo o que passamos, eu soube que nada seria o mesmo.

Aparentemente eu tenho ganhado mais dinheiro com os vídeos do que eu imaginava. Sempre usei a conta bancária do meu pai pra receber o que eu ganho por cliques e visualizações, mas existe uma regra sobre eu ter no mínimo cem dólares conquistados para receber meu pagamento. De cara, percebi que não seria fácil, porque eu fazia menos de dez por cento disso todo mês. Até que eu fiquei famoso.

Quando perguntei ao meu pai se ele me compraria uma passagem para eu passar um fim de semana com a Raquel, fiquei confuso, porque ele me disse pra usar meu próprio dinheiro. Foi aí que ele me mostrou o saldo dos últimos meses. Digamos que se eu soubesse desse valor antes, eu não estaria saindo de casa usando as roupas que minha mãe comprou pra mim no ano passado.

A Raquel ficou bastante animada e disse que os pais dela estavam OK quanto a eu dormir em sua casa, então decidi comprar as passagens e vir ao *shopping* pra mudar a cara do meu guarda-roupa. Achei que seria chato, por causa das experiências anteriores com um orçamento mínimo que minha mãe me permitia, mas não é que esse negócio de comprar roupas é legal?

Aposto que o Cacá não ia aprovar se eu começasse a falar sobre moda nos vídeos, mas é impressionante como a roupa é capaz de mudar nossa aparência. Com meu próprio dinheiro e sem ninguém pra me dizer como eu devo parecer, me sinto livre, mesmo que seja um sentimento enganoso.

Agora que tenho a atitude que esperam de mim, ganho dinheiro pra fazer o que eu quiser. Quando eu não tinha, ficava na casa da minha mãe sozinho, de castigo. Prefiro como as coisas estão, devo dizer.

Os dentes da Julia são tão brancos e corretos. Eu gosto de dentes bonitos. Será que ela está usando maquiagem? Bem, garotas usam maquiagem todo dia no ensino médio. Pra onde estamos indo hoje? Já passamos a entrada pra rua da casa dela. A noite está bonita, então não me importo. Adoro estrelas, elas brilham como os dentes da Julia. OK, preciso pensar em outra coisa.

— Você conversou com o Victor? — ela me pergunta, logo me ajudando a trocar o disco na minha cabeça.

É verdade que eu tive a intenção de falar como Victor no outro dia, mas assim que cheguei em casa a Raquel já invadiu e tomou posse dos meus pensamentos. Depois, com toda a agitação de comprar passagens e roupas, deixei meu novo amigo de lado. Sinto que isso me torna uma pessoa pior do que eu gostaria de ser, mas a Julia não parece tão preocupada quanto antes.

— Não.

Ela suspira brevemente, de um jeito engraçado.

— Acho que ele está melhor, de qualquer forma. Diz que tem planos, então imagino que ele tenha seguido em frente.

— Saquei.

— Chegamos — ela diz, sorrindo.

Eu nunca soube onde o Guilherme mora, mas reconheço o muro na frente da casa, que agora está branco, mas na foto que eu tenho está todo pichado. Paramos em uma praça que fica logo em frente. É uma praça bonita, com árvores de troncos grossos e ladrilhos brancos. A Julia parece estar esperando que eu faça alguma coisa, porque continua apenas sorrindo.

— Por que estamos aqui? — eu pergunto.

— Eu nunca pensei que fosse te conhecer pessoalmente, sabe, quando eu vi seu vídeo pela internet, e todo mundo estava comentando. Ouvi alguns alunos da minha escola dizendo que sabiam o endereço do menino, aquele que mora ali — disse, apontando pra uma casa adiante —, e queriam vir depois da aula.

— Eram meninos mais velhos, do terceiro ano — ela continua —, mas eu decidi que viria junto, mesmo que eu fosse a única garota, ou mesmo a única aluna do segundo ano.

— Você é muito corajosa — eu digo, sorrindo também.

— Acontece que eu não fui a única em nenhuma das situações. Teve mais uma garota da minha sala que veio até aqui, e ela é a nova amiga que eu mencionei. Eu a conheci naquele dia, e desde então meus problemas se tornaram mais suportáveis. Ontem a gente fez uma maldade que eu achei muito engraçada, mas agora tenho medo de você me julgar.

— Eu nunca faria isso — eu digo, levantando as mãos.

— Aquela garota que grudou um chiclete no meu cabelo faz parte de um grupo que nós chamamos apenas de "*patys*", de "patricinhas", sabe? Porque elas são muito esnobes.

— Sim. Também existem na minha escola — eu digo, pensando no grupo que anda junto com a Mari.

— Nós reparamos que, depois do intervalo, elas sempre subiam as escadas segurando no corrimão, no caminho pra sala. E reparamos que ninguém ou pelo menos quase ninguém mais fazia isso.

— Uau, você já pensou na carreira de detetive? — eu brinco.

— Para, bobo. Presta atenção. Os corrimãos da escola são de um vermelho bem escuro, igual *ketchup*. Aí pensamos, "e se a gente passasse *ketchup* em todos eles antes de o sinal tocar?"

— Vocês não fizeram — eu falo, aumentando o sorriso.

— Pra ser sincera, não achei que daria tão certo. Era só um pequeno pagamento pelo meu cabelo que agora está de corte novo, obrigada por notar — ela diz cinicamente, mas percebo que não está irritada de verdade. — Mas a gente não contava que elas fariam um escândalo tão grande.

— Todo mundo tomou um susto quando aquela garota começou a gritar no meio da escada "Olha a minha mão! O que é isso?" — Julia continua —, então fomos pra beira da escada e ela abriu aquela boca enorme quando olhou pra cima e viu que a gente tava se divertindo. Corremos pra dentro da sala, tentando não começar a rir no meio do corredor, mas quando elas subiram a menina gritou de novo, "*Foram as meninas do 2ºC! Foram elas!*"

A história acaba aí, porque a Julia começa a rir pela lembrança. Tenho medo de chamar a atenção de alguém da vizinhança, mas olho ao redor e continuamos sozinhos, salvo algumas pessoas caminhando a uma distância segura. Nunca tinha notado que a risada da Julia era tão musical. Pra falar a verdade, não me lembro de rirmos assim antes, mas nos conhecemos há pouco tempo. Tão pouco tempo e já nos damos tão bem.

— Eu só queria que você soubesse que te considero responsável por tudo isso — ela diz, me deixando bastante sem jeito. — No outro dia eu te falei sobre o quanto foi importante te conhecer na TV, mas a verdade é que, desde que eu te vi pela internet, você já estava mudando a minha vida, então, obrigada.

Eu não tinha reparado em como nossos rostos estavam próximos, mas o que me assusta é a minha vontade de chegar mais perto. Já reconheço algumas das sardas no rosto dela, porque parecem colocadas ali por um *designer* ou coisa do tipo, emoldurando aquele sorriso perfeito. Não consigo me mover, entre a vontade e a culpa por estar pensando na Raquel, mas a Julia vem tão perto que eu posso sentir sua respiração sobre a minha pele, então ela se afasta novamente.

— De qualquer forma, esse lugar acabou se tornando especial pra mim — ela diz.

— Sei que é bobo — ela continua —, mas naquele dia eu fiquei aqui parada, esperando os outros chegarem, e pensei sobre como essa árvore esteve aqui por tanto tempo imóvel até eu encontrá-la. Eu também me sentia enraizada até aquele dia, como se eu não tivesse o direito de me divertir e ter amigas, só porque eu não me encaixava.

— Eu agradeço por você ter me trazido aqui — eu digo, e sinto que fui sincero, por mais que eu realmente tenha achado um pouco bobo. Isso não significa que eu não tenha me identificado com o que ela falou.

Começamos a caminhar de volta, e o céu noturno parece estar ainda mais límpido do que na vinda, como se todas as nuvens tivessem penetrado em meu coração enquanto conversávamos ali naquela praça. Não quero me sentir assim a pouco mais de uma semana da minha viagem a Belo Horizonte. Será que devo contar pra Raquel o que aconteceu? Mas o que foi que aconteceu, de fato? Talvez fosse melhor eu deixar a Raquel de fora e apenas parar de falar com a Julia, mas ambas as opções parecem difíceis.

CAPÍTULO OITO

Faz tempo que o Cacá não me liga, então fico feliz ao ver seu nome na tela do celular. Tive medo de que ele não fosse mais ser meu assessor depois daquele dia na TV, então espero que ele tenha deixado aquela discussão pra trás, assim como eu deixei.

— Fala, Cacá, tudo bem?

— Tudo. Escuta, João, consegui uma entrevista pra você nesse domingo em um outro canal. A audiência desse programa não é tão alta, mas acho que, se a gente divulgar bem, vai ser possível consertar um pouco do estrago da sua aparição anterior.

— Poxa, Cacá, nesse fim de semana não vai dar. Eu vou pra Belo Horizonte.

— Belo Horizonte? O que tem em Belo Horizonte?

— Vou visitar a Raquel, porque faz tempo que a gente não se vê.

— João, isso não é brincadeira. Você vai jogar fora uma chance de melhorar sua imagem por causa de quê? Uma garota que provavelmente não está nem um dia esteve apaixonada por você?

— Cala a boca! Você não conhece a Raquel e não sabe nada da nossa história!

Imediatamente tomo consciência de como fui grosseiro, mas ele também foi, então acho que estamos quites, exceto pelo fato de que ele desligou primeiro. Acho que se não estávamos muito bem antes disso, agora estamos definitivamente em maus termos.

Ele não devia ter falado aquilo sobre a Raquel, porque ela é a única pessoa que me ajudou quando eu precisei. Não consigo imaginar a minha vida com outra pessoa que não ela.

Respiro fundo e entro na sala da coordenação junto com o Rodrigo e o Bruno. Encontramos Denise sorrindo, o que me deixa profundamente irritado, embora eu não tenha certeza por quê. Deve ser intuição, porque eu não estou exatamente esperançoso sobre o que vamos escutar aqui. Como a mesa tem apenas duas cadeiras à sua frente, prefiro ficar de pé e ir direto ao assunto.

— Denise, quando você falou sobre a instalação de câmeras na escola, eu imaginei que você estivesse falando dos corredores, não do estacionamento.

— Bom dia, João, queridos — ela começa, como se eu não tivesse a menor razão em pular as saudações. — As melhorias na segurança da escola serão gradativas. Privilegiamos o estacionamento no começo, porque, como bem sabem, temos motivos pra acreditar que esse espaço não tem recebido a devida atenção. Imaginem a quantidade de agressões que poderiam ocorrer naquele espaço sem que tivéssemos conhecimento.

É claro que eu sei do que ela está falando, mas não vou cair em seu joguinho.

— Nesse caso, gostaríamos de uma cópia da programação dessas melhorias. Também gostaria de saber o que vai ser feito no caso do Bruno, porque o mesmo menino que foi proibido de "usar termos ofensivos", tá deixando recados na mesa dele.

— Que tipo de recados? — Denise pergunta calmamente.

— Recados como este — diz Bruno, entregando seu celular à Denise. Na tela, uma foto de sua mesa toda rabiscada com palavras do tipo "bicha", "*gay*" e outras tantas insinuações sexuais.

— Minha nossa — diz Denise —, vou pedir pra que alguém limpe essa mesa imediatamente.

— O problema não é a mesa — diz Bruno. — O problema é que eu tô sendo agredido!

— Primeiro, eu gostaria de conversar com você sozinho — diz Denise, olhando para o Bruno.

— O que você quiser falar, pode dizer aí, na frente dos meus amigos — Bruno responde.

— Tudo bem, se tem certeza disso — diz Denise, um pouco desconfortável. — Você é mesmo *gay*?

— Eu não sei — diz Bruno. — Ainda não parei pra pensar nisso.

— Se estiver tudo bem pra você, podemos marcar algumas sessões com a psicóloga da escola — Denise sugere.

— Eu agradeço, mas nesse momento não tô preocupado com o que eu sou ou deixo de ser. O que me preocupa é que eu tô andando no corredor, aí escuto a galera comentando sobre o jeito que eu ando e o corte do meu cabelo, como se me conhecessem ou como se tivessem alguma coisa a ver com isso.

— Meninos, eu prometo pensar em maneiras mais criativas de lidar com essas agressões. Por enquanto, eu fiz o que podia, advertindo o garoto que estava sempre te provocando. Não é verdade, Bruno? De qualquer forma, esse encontro foi ótimo, porque eu não estava ciente de tudo isso. Vou pedir aos professores para ficarem mais atentos com vandalismo nas mesas das classes, e vou providenciar um cronograma das melhorias na segurança da escola pra ser afixado nos corredores.

Senti que o Bruno ia continuar falando, mas preferi interromper.

— OK, Denise, obrigado. Bruno e Rodrigo, vamos.

— Cara, ainda bem que você me tirou da frente da Denise aquela hora — diz Bruno. — Se ela falasse mais alguma coisa sobre as mesas da escola, acho que eu ia voar no pescoço dela.

— Eu sei — respondo. — Tem horas que é melhor sair e esfriar a cabeça. Não ia adiantar nada continuar batendo boca com ela.

— Tem uma coisa que eu preciso perguntar pra vocês — diz Bruno.

— Então pergunta — diz Rodrigo.

— Se eu fosse, sabe, *gay* — Bruno começa, mas não consegue terminar a frase.

— Bruno — começa Rodrigo —, por mim você pode até trocar de sexo, isso não muda a nossa amizade. Seja sempre você mesmo.

— Cara, esse tempo todo eu sofri porque era diferente — eu digo. — Se tem uma mensagem que eu quero passar, é o quanto é importante que as pessoas possam ser sinceras consigo mesmas e não ter a cabeça enfiada na privada por causa disso.

— Eu me senti muito bem quando você riscou o carro do professor Jeferson — Bruno diz. — Sei que a gente podia ter se lascado, e o Rodrigo ficou todo medroso, mas valeu por todas as vezes que ele fez piadas homofóbicas na sala.

— Ei, não fiquei *medroso*! — diz Rodrigo.

— Vocês não sabem como é a confusão dentro de mim nesse momento, então o menor sinal de apoio significa muito pra mim — diz Bruno. — Principalmente agora, porque eu sempre fui de conversar com todo mundo, mas aí aquele cara começou a me zoar e de repente todos os outros não falam mais comigo direito.

— Isso me deixa um pouco preocupado — eu digo. — Será que tem alguma coisa a ver com você estar andando comigo?

— Acho que não — diz Rodrigo. — Os caras perceberam que te atacar agora não é mais interessante, então partiram pra outras pessoas. O Bruno não é a única vítima aqui na escola. Você viu o que aconteceu com a Mari.

— Não — respondo. — O que aconteceu com a Mari?

— Bem, ela chamou as ex do Guilherme de vadias, né? — diz Rodrigo. — Só sei que no dia seguinte a galera do primeiro ano tava comentando sobre umas fotos que tinham vazado e mostravam a Mari sem roupa.

— O Guilherme fez isso? — pergunto.

— Ah, pra mim é como se ele dissesse "Olha quem está falando" — diz Bruno. — Ele foi chamado pra sala da Denise e parece que negou tudo, aí ficou por isso mesmo, porque ninguém tinha como provar que tinha sido ele.

Eu sei que eles me falaram isso pra diminuir a pressão que eu sinto, mas acho que funcionou ao contrário. Eu queria que o *bullying* acabasse nessa escola, não que ele fosse transferido. É uma coisa boa, que eu não tenha mais sido alvo de brincadeiras depois que a história da mordida se popularizou — exceto por algumas insinuações sobre eu estar transmitindo raiva —, mas fico pensando o que mais eu poderia ter feito pra resolver tudo de uma maneira menos violenta.

Por outro lado, estou feliz por ter ajudado o Bruno a se sentir melhor. Nunca parei pra pensar seriamente sobre o que eu acho dos *gays*, então talvez eu tenha feito algumas piadas no passado, mas é diferente quando a gente liga o nome à pessoa. Eu nunca seria capaz de desprezar o Bruno só porque ele de repente gosta de meninos.

Na internet, o aviso de mensagens me mostra que o Victor e a Julia querem falar comigo, mas a Raquel está *on-line*, então essas conversas vão ficar pra depois. Nem acredito que nesse fim de semana a gente vai estar juntinho em Belo Horizonte. Eu, não aquele cara das fotos. Só eu e a Raquel jogando *videogame*, tomando sorvete e — por que não? — andando de mãos dadas.

João Vitor Galeto
Oi, gata, td bem?

Raquel Nunes
João, é verdade?

João Vitor Galeto
É verdade oq?

Raquel Nunes
Um amigo seu me disse q vc gosta de mim

João Vitor Galeto
É claro q eu gosto de vc. Q besteira

Raquel Nunes
Como amiga?

João Vitor Galeto
Também

Mal acredito que tive coragem pra dizer esse "também", mas eu não podia mentir pra Raquel. Não pra ela. Além disso, não estou conseguindo me concentrar sabendo que um "amigo" contou *tudo* pra ela. Acho que o único amigo pra quem eu já contei sobre a minha paixão é o Daniel, mas não sei o que ele teria a ganhar fazendo isso agora.

Raquel Nunes
Acho melhor vc não vir no finde

João Vitor Galeto
Vc tá brincando, né?

Raquel Nunes
João, eu gosto mto de vc, mas só como amigo. Se vc vier agora, não vou saber lidar

João Vitor Galeto
Prometo q não vai mudar nada. Sério. Mas preciso mto te ver. Qndo eu te vejo, sinto q tenho um lugar no mundo pra mim

Raquel Nunes
João, já faz dois anos q vc foi embora. Talvez vc precise encontrar um novo lugar

João Vitor Galeto
Não fala isso. Vc é insubstituível. Td oq vc fez pra mim, ngm vai conseguir tirar.

Raquel Nunes

João, as pessoas que nos fazem bem não vêm pra subtrair. Vêm pra somar.

Enxugo as lágrimas com a manga da camiseta, enquanto observo os amigos em comum que eu tenho com a Raquel. O Daniel não está lá. A maioria dos rostos que vejo reconheço como amigos do meu tempo de Belo Horizonte, gente com quem não converso há muito tempo. Continuo descendo a tela, então vejo um rosto que não deveria estar ali: Cacá Moura.

Sinto meu sangue subir à cabeça e me deixar tão quente que não consigo parar de escrever na caixa de entrada dele. Como ele pôde me trair assim? Eu me abri, segui todas as suas regras estúpidas, perdi meu melhor amigo, e tudo isso pra quê? Se ele pensa que me afastar da Raquel vai fazer com que eu vá ao programa imbecil que ele marcou pra mim no domingo, está muito, muito enganado.

Onde quer que eu ande tudo é tão triste, mas não consigo parar de andar. Deixei o celular em casa, porque eu sei que ela não vai me ligar, e quero que todo o resto do mundo vá pro inferno. Sem a Raquel, nada mais me interessa. Por sorte, não tem muita gente ao meu redor aqui. Quando percebo, estou na mesma praça que a Julia me levou dias atrás.

Pensar na Julia é surpreendentemente reconfortante. Vou até a árvore na qual ficamos parados conversando aquele dia e percebo que estou mais irritado por ter cancelado meus planos do que triste pela paixão não correspondida. Contorno as ranhuras do tronco com a ponta do dedo indicador, como se isso pudesse me transportar no tempo, antes de tudo estar tão confuso.

— Você sabe que ficar olhando pra uma árvore sozinho é muito esquisito, né?

Geralmente a voz do Guilherme faria meu coração acelerar, minhas mãos suarem e meus músculos estariam travados, mas não hoje. Viro o rosto para encará-lo e noto que ele está sozinho. Não estou pensando em nada quando me aproximo e olho primeiro para o curativo em sua bochecha e depois dentro dos seus olhos.

— E aí? — pergunto.

— Sabe o que eu devia fazer? — ele pergunta, ignorando minha saudação. — Eu devia quebrar a sua cara, aqui e agora.

— Por que não quebra? — pergunto com toda a frieza do meu coração partido, sem deixar de encará-lo por um segundo.

Ele me segura pela camiseta, mantendo sua distância e me encarando de volta. Assistir ao *Discovery Channel* me ensinou que, enquanto se estiver encarando um animal selvagem, ele não será capaz de avançar sobre você. Resta saber qual de nós dois é o mais selvagem aqui, agora. Pra mim, é como se o tempo não existisse neste lugar. Estamos separados do universo em um evento que me parece irrelevante e interessante ao mesmo tempo.

— Guilherme, vem jantar! — escuto uma voz feminina gritar de longe, distraindo a nossa concentração.

— Você é muito esquisito — ele diz, antes de me soltar e ir embora.

O carro do Cacá está estacionado na frente da minha casa, então penso duas vezes antes de entrar. O problema é que eu não tenho outro lugar pra ir, e não acho justo que eu não possa entrar na minha própria casa por causa desse traidor. Encontro meu pai conversando com ele assim que passo pela sala.

— Filho, senta aqui um pouco — diz meu pai.

— Eu não quero! — grito do corredor.

— Eu sei que você não quer — meu pai responde —, mas antes de tomar uma decisão acho que você devia pelo menos dar uma chance pra ele se explicar.

Confio tanto no meu pai que me convenço a arrastar os pés até a sala e a me sentar no sofá de frente para o Cacá, que não parece estar com uma cara muito boa. Espero que morra. Tenho tanta raiva que a minha vontade é de voar em seu pescoço e socá-lo até me cansar, mas eu sei que eu nunca faria isso, porque não sou tão agressivo assim e provavelmente ficaria com nojo de mim mesmo no primeiro murro, assim como quando tive minha briga no banheiro da escola. Mal consigo ouvir quando ele começa a falar.

— João, você precisa sair dessa ilusão. Não fuja dos seus compromissos agora que você já foi tão longe. Eu li a mensagem que você me escreveu, mas quero que você entenda de uma vez que eu não te afastei da Raquel.

— Mas você falou com ela, não falou? Você não tinha o direito de se meter na minha vida.

— João, pode ser que as lembranças estejam te consumindo, mas foi a sua amiga que resolveu se afastar — diz Cacá. — Tudo que eu fiz foi revelar a verdade. Posso ter me excedido um pouco, mas fiz pelo seu bem.

— Cacá, não existe mais lugar pra mim no mundo. Eu depositava todas as minhas esperanças nela, e agora se foi. Talvez você não mereça tanto ódio assim, mas não consigo olhar pra você agora.

Desta vez, meu pai não me chama quando caminho para o meu quarto. Coloco música alta, porque não quero ouvir a conversa dos dois na sala, então enfio a cara no travesseiro pra ver se sufoco os meus sonhos vãos. Não adianta muita coisa, mas pelo menos o sono não demora a chegar. Ao desligar o som, ouço o barulho do carro do Cacá indo embora e resolvo ir dormir.

Já é domingo e eu não estou na TV. Eu não queria estar mesmo, mas agora estou me sentindo como quando eu era menor e mentia sobre estar doente para faltar na escola. A satisfação nesses casos nunca é plena, porque eu não sinto que mereci meu prêmio, e nesse caso eu estou apenas me vingando pelo que o Cacá fez. Infelizmente, para ele, isso é o máximo que consigo sentir pelo seu plano frustrado.

Assim que entro na internet, vejo uma mensagem da Julia perguntando por que eu não fui à academia nos últimos dias, além de diversas mensagens do Victor. Não tenho nada melhor pra fazer, então respiro fundo e encaro a leitura. Pra ser sincero, acho que tenho evitado o garoto mais por falta de paciência pro seu discurso inflamado do que por falta de tempo.

Victor Reis

Joao, vc ta ai?
Td bem?

Victor Reis

Joao, vc as vezes pensa sobre as pessoas q sao ruins com a gente e nao pagam por isso?
É serio, pq eles fazem oq querem e depois acabam a escola e nunca mais pensam em nohs
Isso nao te deixa com mta raiva?

Victor Reis

Joao, nao sei se vc ta ai, mas eu tava pensando sobre oq eu te disse outro dia
Sobre fazer a coisa mais imperdoavel possivel
Mas aí eu pensei putz, e eu? oq eu faço alem de apanhar?
Acho q eu sei oq eu posso fazer agora

João Vitor Galeto

Oi, Victor, td bem?

Victor Reis
Orra, finalmente

Imediatamente me arrependo de ter dado "oi". Quem ele pensa que é pra falar assim comigo, como se fosse meu chefe? Consigo entender por que abusam tanto dele. Temperamento explosivo demais e habilidades sociais de menos.

Agora é tarde, mas considero bloqueá-lo depois dessa e evitar a fadiga. A Julia que me desculpe, mas não sou psicólogo, e não tenho experiência nem força de vontade pra lidar com isso.

João Vitor Galeto
Pois é, andei ocupado

Victor Reis
Saquei, vc é chique demais pra perder tempo comigo, né?

João Vitor Galeto
Vc queria conversar sobre alguma coisa?

Victor Reis
Não sei se vc merece ver isso... rs

João Vitor Galeto
...

Victor Reis
Tou brincando. Olha essa foto

É uma foto tirada da cintura para baixo de alguém segurando dois revólveres. Eu queria dizer alguma coisa inteligente, indicar que eu sei alguma coisa sobre as armas, mas minha experiência com jogos de tiro nunca me ajudou nisso. Continuo completamente ignorante quando se trata de armas de verdade. De repente penso em algo alarmante.

João Vitor Galeto
Essa foto é sua?

Victor Reis
Consegue reconhecer minhas maos? Kkkk

João Vitor Galeto
De quem sao essas armas?

Victor Reis
Sao só umas armas ai. Nao se preocupa com isso.

João Vitor Galeto
Como assim? Oq vc ta fazendo com esses revolveres?

Eu espero alguns minutos, mas a resposta não vem, e pelo *chat* posso ver que o Victor não está *on-line*. Procuro a Julia, mas ela também não está conectada. Imediatamente, procuro seu nome na agenda do meu celular. Preciso falar com alguém sobre essa conversa, e ela é a única pessoa no mundo que eu conheço que se preocupa com o Victor.

— Espera, você fez essa cara e continuou encarando o Guilherme até a mãe dele chamar? — Julia pergunta e ri.

Eu concordo com a cabeça, então imito a expressão vazia que eu provavelmente tinha no dia e observo sua risada. Eu gosto de como ela ri sem medo de ser feliz, diferente das garotas que conheci depois da Raquel, que se recusavam a achar graça de qualquer coisa que eu dissesse. Acho que quando é pra duas pessoas se darem bem, elas simplesmente se dão bem, sem nenhum esforço sobrenatural.

Combinamos de nos encontrar no mesmo café que viemos na primeira vez que nos encontramos na academia. Parecia estranho falar pelo celular sobre minha conversa com o Victor, e de qualquer forma eu fiquei com vontade de sair de casa depois daquilo. Parecia que eu tinha algo oprimido na garganta e eu não sabia muito bem como libertar.

— Mas então — diz Julia —, era essa história com o Guilherme que tava te perturbando? Se for isso, acho que você não tem muito com o que se preocupar.

— Na verdade, era outra coisa. O que é que você tava falando outro dia sobre o Victor?

— Ai, João, você não presta atenção no que eu te falo? Você devia entrar no *blog* dele, porque tá tudo lá.

— É sério, Julia, me ajuda aqui.

— Tá bom. Eu já te contei que primeiro ele parecia muito depressivo, mas depois ele parecia bem melhor, disse que tinha planos e tal.

— Sim, sim, mas e depois?

— Depois eu fiquei um tempo sem ler, mas quando entrei achei meio bizarro, porque ao invés de escrever o que tava pensando, ele tinha começado a postar várias notícias sobre atentados terroristas. Eu cheguei a te mandar o *link* pela internet, mas acho que você não viu.

— E você não pensou em me ligar? Avisar a polícia? — eu pergunto, então percebo que sem querer aumentei demais o volume da minha voz, chamando atenção da atendente no balcão. Disfarço minha irritação me voltando para o café intocado sobre a mesa.

— Ai, João, só você mesmo. Primeiro, não está nem aí com nada, agora vem com essa história de polícia? E o que é que eu ia dizer? *Senhor policial, meu amigo está postando notícias sobre atentados terroristas no blog dele. Liberdade de expressão é uma ova! Prendam-no!*

Não consigo evitar rir da voz abafada que ela faz pra imitar como seria uma conversa com a polícia, mas percebo que ela tem razão.

Eu tentaria conversar com a família dele, mas não tenho seu telefone nem sei com quem ele vive. Eu tenho a foto que ele me enviou com duas armas, mas seu rosto não aparece. Aposto que essa foto nem é dele de verdade.

Só me mandou aquilo pra chamar atenção. Resolvo que é melhor não contar nada pra Julia e tentar esquecer essa história.

CAPÍTULO NOVE

Ao chegar da escola, olho no espelho e mal me reconheço. Quem é esse cabeludo? Meu rosto, antes pálido e magro, agora tem uma aparência bem mais saudável. Meus olhos, antes inexpressivos, agora estão cheios de determinação. Chega de fugir. Estou preso num ciclo que já não me interessa mais. Perdi a Raquel duas vezes, briguei com o Guilherme duas vezes, e eu estou cansado de perder e de brigar.

Coloco Legião Urbana pra tocar e canto "*Sou um animal sentimental, me apego facilmente ao que desperta o meu desejo*", enquanto troco de roupa pra ir ao cabeleireiro. Acho que já provei meu ponto pra minha mãe ao deixar minha juba crescer descontroladamente, mas agora está começando a me incomodar. Mesmo assim, vai ser a primeira vez que vou poder dizer "Amigo, faz um corte da moda aí!", então estou animado.

Com a Raquel definitivamente fora dos meus planos, comecei a pensar mais na Julia. Espero que ela vá pra academia hoje. Fui um babaca ignorando as mensagens dela enquanto eu estava ocupado com a Raquel, e mesmo assim ela não hesitou em me encontrar quando eu precisei dela. Penso em ligar e combinar de irmos à academia juntos mais tarde, mas não quero forçar a barra.

Estou usando a máquina de remo quando vejo a Julia do outro lado fazendo exercício de perna. Aceno com a mão, mas ela não retribui, então disfarço passando a mão na cabeça. Como ela está longe, acho que nem me viu. Que droga! Eu nunca falo com a Julia antes de acabar meus exercícios, mas agora estou preocupado porque ela não retribuiu um aceno a essa distância toda.

Tento pensar em outra coisa, mas começo a procurar por ela assim que saio do chuveiro e não a encontro. Corro para a calçada e lá está a Julia de frente pra mim. Sinto seu olhar subir pro meu cabelo, então me lembro que estou usando um corte que meu cabeleireiro chamou de "falso moicano", o que pareceu um nome justo pra um corte que já foi usado por um membro do *One Direction*.

— Ficou legal — ela diz.

— O seu também tá legal.

— Mas eu não mudei meu cabelo.

— Quis comentar mesmo assim — digo, com um sorriso.

— Quer que eu faça sua escolta até em casa? — ela pergunta com aquela voz abafada que ela faz.

— Certamente — eu digo, então ela ri.

— Ei, quer parar pra tomar um café? — pergunto quando passamos em frente ao café que costumamos ir. — Eu pago.

— Posso pagar meu café, obrigada — Julia diz, com um sorriso nos lábios —, mas eu tô tão cansada que só quero deitar e dormir.

— Entendi.

— Ah, e sinto muito.

— O quê? — pergunto, surpreso.

— Achei estranho você não falar nada da Raquel aquele dia, então olhei suas postagens na internet e li algumas indiretas que eu imagino que fossem pra ela.

— Eram, sim — admito.

— Vocês acabaram?

— Nunca tivemos nada, pra falar a verdade.

— Quer um abraço? — ela pergunta em tom de brincadeira, mas aceito mesmo assim.

Ao nos abraçarmos, sinto o cheiro levemente doce de seus cabelos recém-lavados. Ela me aperta levemente antes de nos soltarmos, então suas mãos roçam nas minhas e sinto a braguilha me apertar. Por sorte é uma noite fria, então deixo minha blusa cuidar da discrição, mas de repente sinto que é melhor irmos direto para casa, mesmo.

— Cara, pra mim isso é só carência — diz Rodrigo.

— Ela é bonita, inteligente, nos damos bem, qual o problema? — pergunto. — Por acaso a gente não é carente o tempo todo?

— O problema da carência é que ela te faz ver amor onde não existe — Rodrigo responde.

— Acho que já ouvi isso — diz Bruno. — É da Clarice Lispector?

— Tão *gay* — eu brinco. — Mas duvido que seja.

— Ah, cala a boca — diz Bruno. — Mas acho que o Indy tá certo. E daí, se for só carência? Só acho que você tem que ser sincero com ela. Não sair dizendo que tá apaixonado se ainda não tiver.

— É claro que não tá — diz Rodrigo. — Ele acabou de levar um pé na bunda.

— Você não tava lá — eu digo. — Quando a mão dela encostou na minha, você não sabe o que eu senti.

— Isso se chama tesão — diz Rodrigo, então começa a rir alto, porque ele nunca usa esse tipo de vocabulário.

— Eu acho ela bonita, sim — admito. — Muito bonita.

Tenho tentado não pensar no Victor, mas aparentemente meu cérebro não recebeu o memorando, porque acordo com uma ideia que não me agrada. Existe uma pessoa que talvez tenha como entrar em contato com a família dele e resolver o mal-entendido. Presumindo que seja apenas um mal-entendido, é claro. Eu perguntei outras vezes ao Victor sobre a foto pela internet, mas ele não me respondeu desde aquela última conversa.

Procuro o nome no meu celular e seleciono. Começa a chamar, uma, duas, três vezes, então suspiro pensando que talvez ele não atenda. Em seguida sinto culpa, porque eu não devia estar preocupado com minha má vontade em fazer essa ligação, mas sim com o bem-estar do meu amigo. Outra motivação é que a Júlia provavelmente ficaria feliz por eu estar fazendo isso.

— João? — percebo surpresa em sua voz.

— Cacá, tudo bem?

— Achei que eu tinha sido demitido.

— Eu não tô ligando pra falar sobre mim.

— Ah — ele diz, mas então ficamos mudos até que ele continua. — O que é, então?

— É sobre o Victor.

— Victor...?

— Aquele garoto carioca que tava no programa do Jaime. Alto, branco, cabelo bem curto.

— Ah, sim, sim. O esquentadinho. Lembro dele.

— Por acaso você saberia entrar em contato com a família dele?

— Com a família? Por que você pediria isso? — Cacá pergunta, desconfiado.

— Escuta, é um assunto meio urgente. Eu já te desbloqueei no *chat*, mas você não tava *on-line* e eu não podia esperar. Mesmo assim, te enviei uma foto que ele me mandou. Fora isso, no *blog* dele tem um monte de notícias sobre atentados terroristas.

— João, um monte de garotos revoltados na sua idade postam esse tipo de coisa. Não quer dizer nada.

— Eu sei, mas olha essa foto.

— Alguém segurando duas armas — ele diz, aparentemente pra si mesmo.

— O Victor deu a entender que era ele segurando.

— Olha, não posso prometer nada, mas vou ligar pro meu amigo na produção do programa.

— Cacá, tô com medo que ele faça alguma besteira.

— Tudo bem, vamos garantir que não tenha motivo pra preocupação.

— E desculpa ligar pra você assim, mas eu não tinha mais pra quem pedir ajuda.

— Fico feliz que tenha ligado.

É manhã do sábado, tomo coragem e ligo pra Julia. Acho que preciso seguir minha intuição e contar pra ela o que eu estou sentindo. De que outra maneira posso seguir em frente? Até entendo o que o Rodrigo disse, porque é importante que eu saiba ficar bem, sozinho, mas não é como se eu estivesse procurando alguém pra ficar comigo. Se ela não tivesse aparecido, eu provavelmente ia querer ficar sozinho por um bom tempo.

Quando a vejo, ela está radiante, então respiro fundo, porque noto que eu estava segurando a respiração até aquele momento. Uma parte de mim tinha medo que ela não aparecesse, porque a felicidade sempre me pareceu um objetivo inútil de se perseguir. Por experiência, sei que só posso ser decepcionado pelas expectativas que cultivo. Se ela não aparecesse, eu provavelmente estaria decepcionado agora.

— E aí, gata? — pergunto, mas as palavras soam estranhas ao meu ouvido. Na última vez que chamei alguém assim, a Raquel brigou comigo, então logo me arrependo. Felizmente, ela não parece notar nada de estranho.

— Oi, João. O que é isso? Roupas novas?

— Sim, comprei faz pouco tempo.

— Você não disse pra onde a gente ia. Vamos pro café?

— Queria fazer uma coisa diferente hoje.

— Tipo o quê?

— Quer ir ao cinema comigo? — pergunto, tremendo involuntariamente e torcendo pra ela não perceber.

— Tudo bem. Vamos passar em casa, então, porque acho que não trouxe dinheiro suficiente.

— Eu posso, sabe, pagar pra você, se você quiser.

— Claro que não — ela diz, parecendo um pouco irritada, enquanto começa a andar em direção a sua casa.

— Ju? Falei alguma coisa errada?

— João, você sabe que te admiro por tudo que fez, mas devo dizer que às vezes você me soa machista.

— Só porque eu queria pagar seu cinema?

— Não só por isso — ela explode. — Você nunca responde minhas mensagens na internet, às vezes fica dias sem aparecer na academia e nem se dá ao trabalho de me avisar, aí de repente me liga pra gente sair, como se eu não tivesse mais nada pra fazer, e eu aceito, porque gosto de você.

— Ei, não é bem assim. Quer dizer, você gosta de mim?

— Não é meio óbvio? — ela diz, parecendo incomodada.

— Me desculpa. Eu tentei fugir do clichê a minha vida toda, ou melhor, nunca tive vontade de me misturar e falar sobre os mesmos assuntos e vestir as mesmas roupas que os outros meninos, mas talvez eu esteja agindo exatamente como eles em alguns aspectos.

— Acha que eu não sei como é isso? A maioria das *patys* tentou me "recrutar" por anos e eu nunca aceitei, porque quero ser eu mesma, mas tem dias que eu entro na escola e simplesmente queria estar vestida e maquiada como elas, só pra me sentir "normal".

Não consigo evitar dar risada.

— Não dá pra imaginar você agindo como uma *paty*. Acho que é uma das coisas que mais gosto em você. Tudo que você faz parece original.

— Então lembre-se de que eu também gosto de originalidade.

— Combinado.

— E você sabe que presumir que eu quero ver uma comédia romântica ia acabar com todo o clima, né?

Não consigo evitar dar risada novamente, porque era exatamente o que eu tinha pensado.

— OK, OK, o que você quer ver?

— Estou com vontade de assistir ao filme sobre a vida do Steve Jobs. Gosto de gente que pensa diferente.

— Então parece que já temos um vencedor.

Quando saímos da sala de cinema, pego na mão da Julia em um movimento que me pareceu natural e continuamos andando. Ela olha pra mim, mas não sei o que dizer de seu olhar. Só sei que sinto as pontas dos meus dedos formigarem, como se existisse uma eletricidade entre nós, dizendo que está tudo certo.

— Você não precisa fazer isso, sabia? — ela diz.

— Fazer o quê?

— O seu lance com a Raquel acabou o quê? Há uma semana?

— A gente nunca teve nada — digo, repetindo o que disse na última vez que saímos.

— Não é o que parecia até a semana passada.

— Olha, eu sei que é estranho, mas é o que eu quero. Pode ser que eu já gostasse de você antes, já pensou nisso?

— Claro que já. É tão óbvio quanto eu gostar de você.

— Como assim? — pergunto, curioso.

— O que sempre me intrigou é que, por mais que eu soubesse que você gostava de mim, você nunca fez nada a respeito.

— Eu não podia. Como você ia se sentir se eu ficasse com você, sabendo que eu estava investindo em outra garota?

— Também pensei nisso — ela diz, calmamente.

— A gente não precisa decidir nada agora. Eu só quero que você me dê a chance de te provar que não tô te usando nem nada disso. A gente não precisa nem se beijar nem nada.

— Sabe, João, uma hora você vai ter que parar de presumir coisas sobre mim — ela diz, então me beija. É melhor do que qualquer coisa que eu poderia ter esperado, até que ela interrompe. — João, dá pra fechar os olhos? — então fecho os olhos e a beijo de volta.

— Não acredito que foi seu primeiro beijo — ela diz.

— E eu não acredito que eu te contei isso — respondo.

É a primeira vez que a Julia me deixa entrar na casa dela. Ela tem um jardim nos fundos com um gramado bem aparado, onde colocamos um cobertor velho pra deitar em cima. A noite está nublada, sem estrelas, como é o normal de São Paulo, mas está bastante agradável, mesmo com o pai dela olhando pela janela a cada cinco minutos.

— É meio fofo — ela conclui. — Um pouco preocupante, mas fofo.

— Por que preocupante?

— Seria ingênuo da minha parte achar que você não vai querer beijar outras pessoas um dia.

— Bem, nada é pra sempre.

— Concordo — ela diz, parecendo satisfeita com minha "originalidade".

— Com quantos meninos você já ficou? — pergunto, mais envergonhado ainda.

— Você quer saber mesmo?

— Tantos assim? — pergunto, mas começo a rir em seguida.

— Foram alguns — ela diz, pensativa —, mas nunca gostei de nenhum deles de verdade. Quer dizer, na hora eu achei que gostava, mas não gostava, não de verdade.

— O que acontecia?

— Eles achavam que eram meus donos e eu tava interessada em uma relação de igual pra igual, então eles se irritavam e eu me afastava.

Não vou mentir pra mim mesmo, porque eu sei que sinto ciúme quando ela fala assim, mas é menos do que eu esperava. Eu tinha tanto ciúme da Raquel, mas de que isso me adiantou? Antes, eu achava que esse sentimento era uma coisa boa, significava que eu gostava mesmo de alguém, mas a verdade é que as pessoas ficam com quem querem, na hora que querem. Não adianta eu pensar que tenho algum controle sobre isso, porque a própria ideia é ridícula, então acho melhor mudar de assunto.

— Eu me identifiquei com o Jobs mais do que eu pensei que iria — digo, lembrando do filme.

— Se você quiser, te empresto a biografia dele — ela diz. — O filme resumiu e alterou muita coisa. O Jobs da vida real era bem mais excêntrico.

— Seria legal, sim. Eu queria entender melhor a visão que ele tinha sobre as coisas. Sabe, eu já tenho meu *vlog*, e ele é um *vlog* bem-sucedido, mas fiquei pensando hoje sobre qual é o legado que eu deixaria pro mundo se eu morresse hoje.

— É uma maneira interessante de pensar, mas tenta não ficar muito obcecado com isso. Você já fez pelo mundo mais do que muita gente.

— Sim, mas tenho vontade de fazer muito mais. Inclusive, eu talvez tenha encontrado uma maneira de ajudar o Victor.

— João, você não acha que tá exagerando um pouco? Foram só umas postagens estranhas no *blog*. Nada de mais.

Então conto a ela sobre a foto das armas, o que a deixa um pouco irritada por eu não ter contado antes, mas digo que eu não queria falar sobre isso antes de pensar em uma solução. Talvez ela pudesse ter me ajudado a pensar em alguma coisa antes, mas a verdade é que eu sentia que, no momento em que eu falasse sobre aquilo, a situação ia ficar real demais e eu precisava digerir primeiro. Ficamos alguns minutos apenas olhando pro céu.

— Ajudar como? — ela pergunta, quebrando o silêncio. — Conseguiu o telefone da casa dele?

— Não, mas falei com alguém que pode ter como entrar em contato. Lembra do Cacá?

— Aquele cara altão com o cabelo todo despojado no dia do programa do Jaime?

— Exatamente. Ele vai tentar ajudar.

— Bem, não adianta a gente se preocupar demais, também. Pode não ser nada, mas se ele estiver sério sobre usar essas armas, você já fez o que podia nesse momento.

— Sim, nesse momento — eu digo, então vejo as horas e me despeço, e ela me leva até a porta.

— Promete que não vai mais me esconder nada importante? — ela pergunta.

— Prometo — eu respondo, até porque já não pretendia deixar ela de fora de mais nada, mesmo antes da promessa.

— Amanhã eu te ligo — ela diz, então dá uma piscadinha antes de fechar a porta.

Estou feliz, mas uma parte de mim se preocupa que a desconfiança do Rodrigo e até mesmo da Julia pode ter um pouco de coerência, então pego meu caderno de poemas e começo a rabiscar algo, que logo se torna uma lista. O título é apenas “Motivos”, e embaixo uma série de razões pelas quais eu gosto da Julia e a admiro.

"Motivos"

1) Ela é original
2) Espontânea
3) Divertida
4) Gosta de mim (importante)
5) Temos várias semelhanças (*bullying*?)
6) Gosta de cinema e de ler (mais semelhanças)
7) Me sinto à vontade com ela

Encosto a caneta e olho pra lista, pensando sobre o fim de semana. Não tinha certeza se ela ia mesmo me ligar depois daquilo, mas ela me ligou e a gente ficou de novo, e dessa vez ela não precisou pedir pra eu fechar os olhos. Conversamos sobre tudo, inclusive sobre a Raquel, e fiquei feliz que esse assunto não virou uma espécie de tabu entre a gente.

— Mas Indy, e aí? Você pediu ela em namoro? — pergunta Bruno, quando falo sobre meu fim de semana.

— Ainda não. Eu quero conquistar a confiança dela, primeiro. Não quero me aproveitar só porque ela já gosta de mim.

— Indy, fico superfeliz por vocês, de verdade — diz Rodrigo. — Agora é só continuar sendo sincero, principalmente com você mesmo.

— Eu sei — digo, com medo de ter soado ríspido. — Obrigado pela força.

O professor Jeferson entra na sala.

— Me desculpem pelo atraso. Estava assistindo a uma notícia no jornal e achei importante ficar até o final pra contar a vocês. Um estudante no Rio de Janeiro entrou em uma escola com duas armas e começou a atirar, foi uma loucura. Quando a polícia chegou, o cretino já tinha se matado.

— Qual o nome do menino? — pergunto, em choque.

— O que importa o nome? — diz o professor, irritado. — Humanizar o assassino não alivia sua culpa.

Saco o celular e começo a procurar notícias, até que encontro a manchete: "Massacre em colégio no Rio de Janeiro". Acesso a notícia com os olhos marejando, mas tento disfarçar. Meu coração batendo apressado. "9h36 — Estudante entra em escola e abre fogo contra alunos no Rio de Janeiro. Washington Machado, 17 anos..."

— João, por acaso o celular está mais interessante que minha aula? — pergunta o professor. — Vai me dizer que você conhecia o delinquente.

— Não — eu respondo, mas não consigo impedir as lágrimas agora. — Não conheço.

CAPÍTULO DEZ

Estou tentando ligar para o Cacá desde que cheguei em casa, mas só dá ocupado. A notícia do massacre me deixou duplamente apreensivo. Primeiro pela natureza trágica do ocorrido, segundo porque penso que o Victor pode estar indo pelo mesmo caminho. Pedi que meu pai me pegasse na escola hoje, e durante todo o caminho fiquei pensando como eu me sentiria se fosse o meu amigo nessa situação.

De maneira alguma isso tornaria a tragédia pior, mas todas essas mortes pesariam sobre a minha consciência para sempre. Eu nunca conheci o garoto que matou todas aquelas pessoas, portanto havia pouco que eu pudesse fazer por ele, mas pelo Victor eu poderia ter feito muito mais. Mal posso acreditar que eu disse aquelas coisas horríveis na TV.

Finalmente o telefone chama.

— Cacá? Você tá aí?

— João, eu já ia te ligar — Cacá responde. — É essa tragédia. Imagino que você já tenha visto.

— Sim, eu li no celular e depois vi na TV.

— João, preciso te preparar pro baque que vai vir.

— Baque? Do que você tá falando? — pergunto, temendo por uma notícia ruim sobre o Victor.

— O garoto, Washington, gravou um vídeo antes de ir pra escola e liberou na internet, e nesse vídeo ele fala de você.

Não consigo entender. Por que um garoto que eu nunca vi antes falaria sobre mim em um vídeo antes de se matar? Eu não sou tão importante assim. Não posso ser responsabilizado por isso. Deve ser um grande mal-entendido, mas preciso assistir a esse vídeo e ouvir o que ele disse exatamente.

— João, você está aí?

— Oi, sim.

— Escuta, estou pensando em ir pra sua casa agora. Vamos precisar nos preparar pra imprensa. Você vai trabalhar comigo?

— Cacá, eu gravo o que você quiser, mas antes preciso saber do Victor.

— Ah, sim, aquilo já resolvi. Eu ia te contar quando a gente se visse pessoalmente, mas falei com os pais dele. O Victor planejava dar um susto em alguns colegas da escola, mas as armas eram de brinquedo.

— Brinquedo? — pergunto, atônito.

— Exatamente. Eu desconfiei na hora que você me mandou a foto, mas não quis falar antes de ter certeza.

Começo a rir. É só uma risada de alívio, daquelas que duram apenas o necessário pra perceber que existe outra situação tensa entrando no lugar da anterior, mas não posso deixar de ficar feliz pelo Victor. Ele provavelmente está de castigo uma hora dessas. Talvez tenha levado uns tapas do pai, coisa que eu não aprovo, mas pelo menos está vivo.

— João, você está bem?

— Eu não sei, mas vou estar pronto quando você chegar.

A minha sala de estar parece um centro estratégico, porque o vídeo gravado pelo Washington Machado começou a ser transmitido pelos jornais assim que os repórteres terminaram de entrevistar alguns pais de alunos. Além disso, vários portais de notícia já estavam divulgando tudo logo após revelada a identidade do estudante.

Apesar de meus pais terem pedido aos meus parentes que não viessem, fiz questão de ter a Julia ao meu lado, o que foi difícil, considerando a quantidade de repórteres estacionados à frente do portão. Minha mãe também deu um jeito de entrar, assim como o Cacá, e assim estamos reunidos.

Meu pai e o Cacá estão trabalhando em um pequeno discurso pra eu dizer aos repórteres, enquanto converso com minha mãe e a Julia. Essa não é a melhor situação que eu consigo imaginar pra apresentar minha quase namorada aos meus pais, mas tá valendo.

— Eu nunca pensei que uma coisa dessas pudesse acontecer no Brasil — diz minha mãe.

— Na verdade, crimes parecidos já aconteceram antes — diz Julia —, mas exatamente assim é a primeira vez.

— Sim — eu digo —, é a nossa estreia e o meu nome tá na página de agradecimentos.

— João — chama Julia —, eu sei o que você tá pensando, mas não foi sua culpa.

— Pelo menos não culpa só sua — diz minha mãe.

— O que você quer dizer, mãe?

— Olha, filho, sei que não é o que você quer escutar agora, mas você estava perfeitamente feliz em levar os créditos pela violência até que ela te trouxe uma consequência negativa.

— Mãe, a minha vida inteira foi uma série de consequências negativas! Já parou pra pensar que podia ser eu no lugar desse Washington?

— Vamos deixar isso de fora do discurso — diz Cacá, tentando quebrar a tensão. — Vem aqui, João. Preciso que você decore esse texto com perfeição. Cada vírgula, cada palavra.

Pra minha sorte, é um texto curto, então levo cerca de meia hora pra memorizar, mas ensaiamos por muito mais tempo. Sei que quando eu estiver na frente dos jornalistas posso ficar nervoso, mas preciso fazer isso direito, principalmente porque não consigo apagar da cabeça a ideia de que fui parcialmente responsável pelo que aconteceu, como minha mãe disse.

Assisti ao vídeo do Washington várias vezes e acho que nunca vou conseguir esquecer a parte em que ele diz

"Agradeço também ao Indiana João por me ajudar a entender que às vezes é necessário bater primeiro. Valentões também caem!". Claro, ele diz que agradece "também", porque antes ele cita o nome de diversos assassinos motivados pelo *bullying*, mas não suporto o fato de que meu nome está lá "também".

Estou pensando nisso quando o Cacá volta pra dentro de casa, pois havia saído pra me anunciar.

— É isso, João. Eles estão te esperando. Eu disse que você não vai responder perguntas, mas não acho que isso vá impedi-los de tentar, então concentre-se no texto e boa sorte.

— Boa sorte — repetem os outros.

Escuto o som de vários *flashes* simultâneos misturados ao som de perguntas descoordenadas. Eu conhecia o Washington? Já estive no Rio de Janeiro? Concordo com o massacre? Qual o meu legado para os jovens que sofrem *bullying* por todo o país? Exatamente como o Cacá disse que seria, mas muito mais aterrorizante de se presenciar.

— A cada vez — eu começo, mas não consigo escutar minha voz, então decido começar novamente. — A cada vez que assisto ao vídeo do Washington, escuto uma voz que não foi ouvida a tempo, vejo o olhar de quem tem medo há tanto tempo que já se acostumou com o sentimento.

— Todas as treze mortes confirmadas até agora e a de Washington são inaceitáveis — continuo —, e não digo isso pra aliviar a responsabilidade de quem segurava as armas, mas pra trazer à tona a responsabilidade da escola que se omite quando vê um aluno sendo humilhado.

— Sinto muito pelos pais de todos esses adolescentes — eu digo —, mesmo que eu não chegue perto de entender sua dor. Peço desculpas se alguma vez me expressei mal, mas deixo claro meu compromisso com o fim do ciclo da violência.

Eu saberia citar o nome de pelo menos uma das vítimas? Algum dos pais tentaram entrar em contato? A minha escola é omissa quando alunos sofrem humilhações? Eu já pensei em me matar? Eu já quis matar alguém da escola? O chute que dei no Guilherme foi a primeira vez que eu agredi alguém na escola?

— Senhores — chama Cacá, entrando na minha frente —, a família gostaria de privacidade. Obrigado por entender. Boa noite a todos.

Entramos em casa sob o som de *flashes* ininterruptos e gritos impacientes. Todos me abraçam e eu me sinto protegido por um instante. Assim que me soltam, volto a sentir minhas mãos tremerem, mas aquele pequeno gesto de apoio me ajudou a ver que esse pesadelo uma hora vai passar e quase tudo vai voltar ao normal, exceto eu mesmo.

Não me lembro de ter ido pro quarto, mas estou aqui, sozinho, deitado na cama e olhando pro teto. É a primeira vez que batem à porta? Não sei e também não me levanto dessa vez. A porta se abre, porque eu não a tranquei. Sinto o cheiro do perfume da Julia e fico aliviado porque é ela e não outra pessoa, mas ao baixar os olhos vejo o Cacá junto com ela.

— João, os repórteres já foram embora, então eu já estou indo — diz Cacá. — Pedi pra Julia vir junto, porque eu queria contar algo pra vocês.

— O que é? — pergunto, agora curioso.

— Quando nos conhecemos, você me perguntou por que eu quis te ajudar, mas eu não respondi, principalmente porque eu não achava importante mencionar. Outro motivo talvez fosse vergonha.

Olho pra Julia, mas seu olhar confirma que ela também não faz ideia do que ele está falando. Ele pigarreia e se senta na cadeira à frente da minha escrivaninha, enquanto a Julia se senta aos pés da cama e eu me levanto pra sentar ao lado dela.

— Quando eu estava na escola, ninguém falava sobre *bullying* — continua Cacá —, mas ele já existia, obviamente.

— Você já usava o cabelo assim naquela época? — pergunto, olhando para seu penteado chamativo.

— De jeito nenhum — ele responde. — Meu pai nunca teria permitido algo assim, machão como era. Meus irmãos também provavelmente teriam me batido.

— Então você ajudou o João só porque também sofreu *bullying*? — pergunta Julia.

— Pelo contrário — diz Cacá. — Eu aterrorizei vários colegas do primeiro ao último dia de aula.

Por essa eu realmente não esperava, então fico esperando ele dizer que está brincando, mas ele não diz nada. Reparo que a Julia está segurando minha mão, porque ela pressiona levemente quando eu noto que Cacá tem os olhos marejados. Ele tenta disfarçar em vão, afastando o olhar.

— Por que você fazia isso? — eu pergunto, tentando não deixar minha frustração transparecer.

— Hoje eu penso que era minha maneira de sufocar o cara estranho que vivia dentro de mim — diz Cacá —, mas na época eu pensava que era a coisa mais legal de se fazer. As garotas gostavam de mim, os garotos tinham medo, então eu me sentia no controle, enquanto na minha casa eu não tinha controle nenhum. Meu pai não era abusivo, mas nunca nos demos muito bem.

— E ajudar o João te fez sentir melhor? — pergunta Julia.

— Sinceramente? Eu achei que faria, e de fato me senti bem com isso, mas não me ajudou a esquecer as coisas horríveis que eu fiz. Tenho uns amigos das antigas que me contam como anda o pessoal com quem eu implicava. Ninguém esquece de verdade, então eu também não esqueço. Tinha um menino muito inteligente, tão alto quanto eu e bom de briga, mas eu bati nele mesmo assim, então ele saiu da escola, porque não queria mais olhar na minha cara.

Pela primeira vez eu reparo que, por trás da aparência estranha do Cacá, ele realmente tem o porte de um lutador. É mais alto que o Guilherme e provavelmente mais forte. Será que eu odiaria o Cacá se tivéssemos estudado juntos? Será que eu devo odiá-lo? O arrependimento é visível em seu rosto.

— Por que você tá me contando isso? — pergunto.

— Eu sei que é errado, mas, quando você atacava os *bullies*, enquanto eu tinha que te falar sobre o fim do ciclo de violência, por dentro eu estava vibrando. Era como se você estivesse atacando o *bully* que eu fui um dia. Como se fosse a vingança dos garotos que eu deixei no chão.

Acho que consigo entender um pouco essa sensação, porque a raiva que eu senti no dia do programa do Jaime foi muito grande. Eu havia sido encurralado pelo meu melhor amigo no dia anterior e tinha tido de morder o rosto do Guilherme pra sair daquela situação. Naquele dia eu estava com vontade de iniciar uma guerra contra qualquer um que se aproveitasse da baixa autoestima dos outros.

— Pode parecer estranho agora — continua Cacá —, mas eu errei não te dizendo pra gravar um vídeo desculpando o Guilherme. Existem outras maneiras de fazer com que ele se responsabilize, e acho que ele já deve ter muita coisa na cabeça depois de tudo que aconteceu.

— O que foi que mudou pra você? — pergunta Julia. — As pessoas não mudam à toa.

— Aquele colega que eu contei a vocês, tão inteligente, se matou depois do ensino médio. Ninguém disse uma palavra sobre isso, mas eu ainda me sinto responsável.

Cacá se levanta da cadeira, então vai até a porta.

— É isso. Vou deixar vocês sozinhos. Podemos falar sobre trabalho outra hora.

Julia se levanta assim que a porta se fecha e vai até a escrivaninha.

— Eu vi isso na hora que eu entrei no seu quarto — ela diz, apontando pro mural na minha parede.

— O que você viu? — pergunto.

— A foto do muro do Guilherme. Sabe, quando todo mundo chegou, me deram uma lata de *spray* de tinta vermelha na mão e disseram pra eu escrever qualquer coisa, então eu escrevi. Foi a primeira coisa que eu pensei. Na verdade, eu não estava pensando.

— Foi você que escreveu "Valentões também caem"? — pergunto e fico de boca aberta.

— Credo, João, parece que viu um fantasma — ela ri. — Mas agora imagine o que passou pela minha cabeça quando você disse a minha frase no programa do Jaime. Pensei que eu tinha sido descoberta, que a polícia fosse me levar assim que o programa acabasse.

Estou tão surpreso e ao mesmo tempo tão feliz por estar ao lado de uma garota tão interessante que começo a beijá-la pela primeira vez naquele dia. Acho que ninguém vai entrar no meu quarto agora, por causa de tudo que aconteceu hoje, mas resolvo trancar a porta mesmo assim.

CAPÍTULO ONZE

Estou radiante. Quem se importa com o que os jornalistas estão falando de mim? Sou o cara mais feliz do mundo! A Julia é a menina mais linda que eu já vi, mais cheia de graça, num doce balanço a caminho dos meus braços. Será que é machista da minha parte querer contar tudo que aconteceu ontem à noite pros meus amigos? Bem, agora que eu já contei pro Rodrigo é um pouco tarde pra pensar nisso, mas ele está feliz por mim, eu acho.

Mesmo distraído, fico preocupado ao ver a triste figura do Bruno entrar na sala de aula com um corte em cima da sobrancelha. Conforme ele se aproxima, vejo que é um corte bem superficial, que não chega a sangrar, mas mesmo assim é estranho. O Rodrigo faz menção de levantar, mas o Bruno diz que está "mais machucado por dentro que por fora". Essa expressão seria estranha na boca de qualquer outro garoto que eu conheço, mas acho que estou acostumado com o Bruno.

— O que aconteceu, cara? — pergunta Rodrigo.

— Um carro passou do meu lado quando eu tava vindo, aí tacaram uma latinha de coca-cola na minha cabeça — diz Bruno. — Quando eu caí no chão, eles gritaram "viado" pra mim e saíram correndo.

— Você conseguiu ver quem foi? — pergunto, sentindo a raiva crescer.

— Não — Bruno responde. — Foi muito rápido, então não sei nem dizer como era o carro.

Uma semana depois da chacina no Rio de Janeiro, a imprensa já tinha se cansado do assunto, então eu podia me dar ao luxo de falar sobre outros assuntos no meu *vlog*. O vídeo explicando minha relação com o Guilherme foi ao ar e, por mais que meu ex-colega de classe não tenha falado nada a respeito até agora, acho que fiz uma boa ação.

Basicamente, o que eu fiz foi dizer que eu perdoava o Guilherme, mesmo que eu não tenha esquecido. As pessoas fazem o que fazem porque não aprenderam a se colocar no lugar dos outros. Pra ele, antes eu era só um saco de pancada, mas agora ele provavelmente tinha entendido a mensagem, então seria melhor que todos o perdoassem também.

Claro que os jornalistas não estão sozinhos quando o assunto é cuidar da minha vida. Tenho *haters* de estimação no meu canal, sempre escrevendo comentários de ódio, mas eles não chegam a me irritar, porque também tenho muitos fãs enviando mensagens de apoio, o que equilibra as coisas.

Outro que adora cuidar da minha vida é o Victor, que odiou o vídeo e disse que eu tinha me vendido pro sistema. Seja lá o que ele quis dizer com isso, pelo menos ele nunca mais falou sobre armas e terroristas. Minha teoria é a de que ele queria chamar a atenção dos pais e agora conseguiu. Disse que ambos foram à sua escola pra reclamar com a direção.

Como estou sem nenhum problema pessoal urgente, vou tentar ajudar o Bruno. Por algum tempo fiquei pensando no que ele disse, sobre terem passado de carro ao lado dele, e só consigo pensar no dia em que todos nós saímos de carro com os amigos do Leo. Claro que não falei nada sobre isso, porque não passa de uma intuição, mas não significa que eu não vou investigar.

Novamente acesso a conta do Daniel usando sua senha de internet e procuro o *chat* dele com o Leo. Como eu suspeitava, os diálogos de um dia antes da agressão contra o Bruno são muito interessantes.

Leonardo Leme

Vc não queria ser popular? Eh assim q se faz

Daniel Silva

Mano, isso eh sem noçao... Não tem a menor necessidade e não da pra saber oq aqueles seus amigos vão fazer com o Bruno

Leonardo Leme

Eh td de confiança. Relax. Lembra q a ideia de sacanear o gayzinho foi tua

Daniel Silva

Ah cala a boca. T encontro mais tarde.

Depois disso, conversas amenas, como se nada tivesse acontecido, mas não importa. Já li tudo que eu queria. Preciso falar com o Daniel o quanto antes, então acesso a minha conta e vejo que o Daniel está *on-line*. Respiro fundo e começo a conversa.

João Vitor Galeto
Eae

Daniel Silva
Hey

João Vitor Galeto
Como vc pode ser tao ridiculo?

Daniel Silva
Ta loco, mano?

João Vitor Galeto
Eu vi sua conversa com o Leo e tirei print. Pra quem eu mostro primeiro?

Daniel Silva
Maldito seja o dia q t passei minha senha

João Vitor Galeto
Maldito seja o dia q t chamei de amigo!

Daniel Silva
Cala a boca! Vc era moh nerd retardado, ngm queria falar com vc, mto menos eu! Sabe como eu era popular antes de vir pra SP?

João Vitor Galeto

SIM! Eu cansei de ouvir suas historias se gabando de como vc era o bonzão no Ceará! Mas agora a realidade é outra!

Daniel Silva

Oq vc quer q eu faça? Jogue fora td q eu conquistei ficando do lado do Leo?

João Vitor Galeto

Isso eh maior q vc, seu imbecil! O Bruno se machucou de vdd!

Daniel Silva

E oq vc acha q fez comigo qndo me deixou de lado de todas as coisas legais q vc tava fazendo???

João Vitor Galeto

Entao td se resume a isso? ME DESCULPE

Daniel Silva

Late mais alto q daqui eu n te escuto

João Vitor Galeto

Deixa d ser cabeça dura!!

Não acredito. O Daniel saiu da internet! Checo a minha conexão e está tudo certo. Ele me deixou falando sozinho. Se ele pensa que essa conversa acabou, está enganado. Vou até a casa dele resolver isso agora, mesmo que eu tenha que dar um soco naquela cara presunçosa.

Engraçado como a distância faz tudo parecer pequeno. Os medos que me controlavam já não me incomodam mais. Preciso me testar e ver até onde posso ir, porque agora não são somente meus conflitos que me incomodam. Bato palmas na frente da casa do Daniel, depois de tocar a campainha.

— João, cai fora. Não quero falar com você — Daniel diz, se aproximando do portão.

— Eu não peguei ônibus pra nada! Abre esse portão agora!

— Ah, nossa, tô morrendo de medo! Olha, só vou sair pros meus pais não terem que me ver te arrebentar.

Daniel abre o portão e começa a andar. Eu o acompanho. A tarde está clara e quente, quando chegamos a um campinho meio escondido da visão da rua. Lembro de já ter jogado bola com o Daniel ali, até ele perceber que minhas habilidades esportivas estavam além da salvação.

De repente, ele vem pra cima de mim e me dá um soco no braço, seu rosto franzido, então eu o agarro e o derrubo no chão. Continuamos trocando socos, mas nenhum machuca de verdade. Quando ele consegue escapar, apenas nos encaramos ofegantes, apontando o punho um para o outro, até que abaixamos em uma trégua silenciosa.

— OK, conseguiu minha atenção — diz Daniel. — E agora?

Eu pensei sobre esse momento durante todo o caminho e agora tenho minha resposta.

— Quero que a gente volte a ser amigos.

— E você vai apagar a imagem da minha conversa com o Leo?

— Quê? Mas do que você tá falando, Daniel? Eu achei que nossa amizade tivesse alguma importância pra você. Se te interessa, eu tava blefando! Eu não tirei *print* de nada. Falei aquilo só pra te assustar.

— Seu babaca! Eu tava me cagando aqui!

A sinceridade dessa frase é tanta que não consigo evitar a risada. Pouco depois ele me acompanha, rindo também. Sentamos à sombra de uma árvore e respiramos um pouco antes de continuar. Eu não sei bem como restaurarmos nossa amizade depois de tanta coisa ruim que aconteceu entre a gente. Como poderíamos confiar um no outro novamente? Mas eu sei que preciso tentar.

— Podemos tentar começar de novo? — pergunto.

— Eu quero gravar vídeos com você — Daniel responde.

— É justo. E eu quero que você volte a falar comigo e os meninos na escola.

— Certo.

— E pare de atiçar o Leo contra a gente, óbvio.

— Algo mais, senhor?

— Eu transei.

— Com aquela menina ruiva das fotos no seu perfil?

— Ela mesma.

— Linda. Meio estranha, mas linda.

— Ah, cala a boca.

Entro na sala da Denise após bater duas vezes à porta. Curiosamente, ela não parece muito surpresa com a minha aparição repentina, o que me decepciona um pouco. Fui dormir pensando em como abordá-la sobre a enrolação pra instalar as câmeras de segurança dentro da escola. Encontrei um bom jeito:

— Denise, acho que você tá enrolando pra instalar as câmeras de segurança dentro da escola.

— Bom dia, João.

— Bom dia — eu respondo, então me sento.

— Eu estava pensando em te chamar aqui hoje, então foi bom você já ter vindo.

Por que ela me chamaria até aqui? Será que ela mudou de ideia sobre não me responsabilizar pelo risco no carro do professor? Afinal, eu falei sobre a culpa da escola durante meu comunicado à imprensa. Imagino que ela não tenha ficado feliz com isso.

— Esse massacre no Rio de Janeiro me ajudou a colocar as coisas em perspectiva — acertei até aqui. — Não sei se você percebeu pelas notícias, mas a escola que o Washington estudava tinha câmeras instaladas em todo o prédio.

— Eu não tinha percebido. — Mas agora me lembro de ter visto imagens do estudante dentro da escola, pela TV, o que não seria possível se não houvesse um sistema de vigilância interno.

— Isso me fez pensar que talvez as câmeras não fossem resolver o problema, apenas levá-lo pra fora da escola ou mesmo pro banheiro, como já aconteceu.

— Então é isso, não vamos fazer nada? — explodo.

— João, deixa eu terminar de falar, por gentileza. Eu fiz minha lição de casa, pesquisei o que está sendo feito pra resolver o problema de *bullying* por aí e cheguei a um termo chamado "mediação".

— Como que é isso?

— Existem profissionais especializados em lidar com conflitos dentro da escola. Alunos com alunos, alunos com professores, você pode imaginar.

— Não consigo imaginar isso funcionando.

— Eu li sobre diversos casos em que isso funcionou perfeitamente, mas concordo que podemos ir além. O que você acha de um esquadrão anti-*bullying* dentro da escola? É algo que poderia ser organizado pelo mediador e contaria com a ajuda dos alunos.

— Quais alunos?

— Pode parecer estranho, mas o mais recomendado é que os líderes sejam justamente os alunos populares, que tenham mais ferramentas pra provocar uma mudança.

— Que ideia brilhante! — digo sarcasticamente. — Vamos deixar os *bullies liderarem* um grupo anti-*bullying*.

— João, você não acha que está sendo um pouco preconceituoso? Por que não tenta confiar em mim?

— Fica difícil se você continua mudando o que combinamos desde o começo!

— Vai me dizer que ainda acredita na eficácia das câmeras? João, eu posso ter parecido cética quando você falou comigo pela primeira vez, mas eu estou realmente interessada em nos tornar uma escola modelo em mediação de conflitos e gostaria de contar com a sua ajuda. Por favor, pense sobre isso.

— O que me irrita mais, não é a falta de altruísmo da Denise, mas saber que ela provavelmente está certa — eu digo.

— Não sei se eu gostaria de ver o Guilherme como líder de um esquadrão anti-*bullying* — diz Bruno.

— Mas deixar os *bullies* de fora ia tornar a ação irrelevante — diz Rodrigo, já engajado no assunto.

— De qualquer forma, não acho que ela vai fazer alguma coisa agora que estamos no meio do segundo semestre — continuo. — Só espero que ela não acabe mudando de ideia.

Quando desvio o olhar, vejo o Daniel vindo em nossa direção.

— E aí, *manolos*, beleza? Qual é a boa?

— Na verdade, você acabou de me dar uma ideia! — respondo.

— O quê?

— Fui lá na Denise hoje, e ela me contou que quer montar um esquadrão anti-*bullying* na escola, liderado por alunos populares.

— E o que eu tenho a ver com isso? — Daniel pergunta, desconfiado.

— Você se tornou um cara bem popular de uns tempos pra cá. Eu tava pensando que talvez fosse difícil convencer o Guilherme ou o Leo a participar, mas se você nos ajudasse seria bem mais fácil.

— Indy, te considero muito, mas não conte comigo.

— Por que não? Seria perfeito!

— Perfeito pra você. Eu passei mais de um ano pastando pra conseguir meu lugar ao sol. Se eu fizesse isso, ia voltar aonde eu estava quando cheguei nessa escola.

— Mas não entende que se isso der certo nada disso vai importar mais?

— Exatamente. *Se* isso der certo — Daniel finaliza.

Estou um pouco chateado com a recusa do Daniel, mas pelo menos percebi que estou empolgado com o projeto da Denise, apesar da minha má vontade inicial. Quero estar envolvido e quero que dê certo. Sei que a Julia me disse pra não ficar muito obcecado com a questão de deixar um legado pro mundo, mas estou feliz com a perspectiva de poder ajudar todo mundo, mesmo que a escola leve todo o crédito.

Desde o massacre, meu pai tem me pegado na escola de carro pra evitar problemas, e não tem sido incomum encontrarmos um jornalista perdido nos aguardando na frente do portão. Quando chegamos, não estranhamos o homem sentado na calçada, mas logo percebo que não é um adulto. É o Victor Reis, esperando à frente da minha casa.

— Victor? — pergunto ao descer do carro. — O que você tá fazendo aqui?

— Oi, Indy, não vai me dar um abraço?

— Tudo bem — digo, já abraçando-o —, mas como você descobriu onde eu moro?

— Ah, isso? Eu vi pela TV a filmagem que fizeram aqui na frente, você falando sobre aquele probleminha lá no Rio, depois fiz uma pequena pesquisa e cá estou.

— Meninos, vocês vão entrar? — meu pai pergunta.

— Vamos pra dentro, Victor, aí você me conta mais.

— Seus pais sabem que você tá aqui? — pergunto, assim que entramos no meu quarto.

— Não, não. Quis deixá-los fora disso.

— Disso o quê?

— Da nossa vingança, cara. Na minha escola ia ser meio difícil depois que meus pais apareceram lá. Inclusive, nem te contei. Quando os malucos da minha escola ficaram sabendo da conversa dos meus pais com a diretora, me juraram de morte, foi um inferno.

— Victor, você precisa ligar pros seus pais.

— Indy, depois do que a gente vai fazer, nada disso vai importar mais — Victor diz, abrindo sua mochila e tirando suas coisas de lá.

— O que é que você veio fazer aqui, Victor?

— Olha só, tenho uma pra cada — ele diz, segurando uma arma com as duas mãos, apontando pra parede.

— Você tá louco, Victor? Mesmo que sejam armas de brinquedo, ainda podem nos prender se a gente saísse com elas por aí.

— Ah, tem isso. Essas não são de brinquedo.

— Para com isso, cara. Guarda essas coisas e vamos lá embaixo pegar o telefone — digo, já me levantando e indo em direção à porta, meu coração acelerando e sentindo as mãos suadas.

— Indy, você não gostaria de ver os caras que judiam de você implorando por suas vidas?

Então eu paro e encaro meu amigo, porque ele está falando muito alto. Posso ver seu olho direito tremendo, como quando ele ficou alterado no programa do Jaime, o que me faz perceber que preciso encerrar essa discussão.

— Em alguns momentos eu quis, sim. Não vou mentir pra você. Mas esse não é o caminho, cara! Na minha escola estamos conversando sobre uma nova maneira de resolver os conflitos. Vamos criar um esquadrão anti-*bullying* e tudo vai ser diferente.

— Estou triste, Indy. Triste, porque você não me dá outra escolha. Não consegue entender? Eu comprei uma passagem só de ida.

— Se você precisa de dinheiro pra voltar pra casa, eu posso comprar a passagem pra você.

— Estou triste mesmo — Victor diz, apontando a arma pra mim.

— Victor, não.

Ouço um barulho muito alto ao mesmo tempo em que sinto um impacto violento contra meu peito e meu corpo bate com toda a força na porta, antes de cair. É como se uma bomba tivesse explodido dentro do meu peito e de repente tudo fica em câmera lenta, quase atemporal. Meus ouvidos estão meio surdos, mas penso ouvir uma nova explosão, apesar de dessa vez eu não sentir um novo impacto.

Muitos pensamentos e memórias passam pela minha cabeça. Sinto uma profunda gratidão por ter tido a Raquel na minha infância. Queria ter tido a chance de pedir desculpas por confundir tudo e talvez acabado com a nossa amizade. Também nunca tinha pensado em como o Daniel me carregou nas costas quando eu era praticamente um morto-vivo, sempre compartilhando o que ele sabia sobre a vida e eu nunca parei pra pensar nisso. Penso na Julia, e agora tenho certeza absoluta de que estou apaixonado por ela. Queria saber por quanto tempo a gente namoraria, se tudo desse certo. Será que eu ainda conheceria muitas garotas ou envelheceríamos juntos? Finalmente, penso nos meus pais, em tudo que eu gostaria de dizer, e o quanto eles vão sentir a minha falta.

Agora sinto meu pulmão esquerdo apertar, então minha respiração fica muito curta e extremamente dolorosa, como se cada golfada de ar fosse uma faca se revirando dentro do meu peito. Minha visão começa a embranquecer e de repente não enxergo mais nada. Agora, não sinto mais nada.

CAPÍTULO DOZE

O Guilherme é tão bobo, girando essas espadas à minha frente. Não sei se ele quer briga, mas não posso correr o risco. Ninguém vai me fatiar em pedacinhos enquanto eu tiver o meu chapéu de Indiana Jones, então saco minha pistola e atiro. Agora sou eu que estou caído. Eu também caio, veja só.

Penso que estou sozinho no meio dessa branquidão, até ouvir uma voz chorosa.

— João, você consegue me ouvir? Sabe quem eu sou?

Tento mover a boca, mas um tubo sem gosto me impede. Eu gostaria de dar um olhar que dissesse "Essa pergunta é estúpida. Eu sei que você é a minha mãe. Você não me engana com essa cara de preocupada." Alguém entra no quarto, ou então essa pessoa sempre esteve ali e eu apenas não tinha visto. É uma mulher de óculos feios que liga uma luz nos meus olhos e me pede coisas chatas.

— Dona Magda, vou retirar o tubo agora. Tudo bem, João? Vamos tirar isso e aí vou te fazer umas perguntas.

Magda. O nome da minha mãe é Magda Galeto da Silva. Meu pai se chama Estevan Gonçalves Dias. Eu não uso o sobrenome Dias, porque senão meu nome ia ficar grande demais. João Vitor Galeto Dias. Que nome gigante, cara. O tubo deslizando pela minha garganta dá uma sensação engraçada.

— João, tome isso — a moça diz, me oferecendo água com canudinho. — Você vai se sentir rouco por uns dias, mas é perfeitamente normal. Pode me dizer seu nome?

— Substância do mamão.

— Desculpe, não entendi.

— João Vitor Galeto Dias — eu digo, um pouco mais alto, mas minha voz sai rouca, como ela disse.

— Em que ano estamos?

Respondo.

— Ótimo. Mais tarde eu volto pra te transferirmos pro apartamento.

— Doutora — minha mãe chama —, o dreno já vai ser retirado também?

— Não, o dreno vai com ele. Vai ficar mais alguns dias pra evitar infecção.

Só então reparo que elas estão olhando pra um tubo saindo de mim e indo até uma bolsa com um líquido estranho. Por algum motivo, acho esse procedimento muito engraçado, mas tenho a sensação de que meus pulmões não gostariam que eu desse risada agora, então tento apenas respirar normalmente.

O que eles chamam de apartamento é um quarto comum com televisão. Meu pai está aqui com minha mãe, mas logo percebem que não estou tão interessado em responder perguntas. Eu me lembro do motivo que me trouxe aqui e estou feliz por estar vivo, mas estou me sentindo muito desprotegido e à mostra só com essa roupinha do hospital. Ninguém pode me proteger. Nem meu pai.

— E o Victor? — pergunto, então minha mãe olha para meu pai.

— Eu acredito que já tenha sido feito o traslado pro Rio de Janeiro — ele responde —, mas não tenho certeza.

Meu pai está usando eufemismos pra amenizar o que aconteceu, mas eu me lembro da segunda explosão, do corpo do Victor caído à minha frente antes de eu apagar. Ele parecia triste. "Estou triste mesmo", ele havia dito. Seus olhos sem vida ainda abertos, mas seu olho direito continuava tremendo. Ou então estou imaginando coisas e eu não vi nada, apenas sonhei com isso.

— Julia — eu digo, ainda rouco.

— Ela passou todas as tardes aqui no hospital — minha mãe diz. — Sempre espera eu descer pra perguntar sobre você e só depois vai embora. Amanhã você vai poder vê-la.

— Quanto tempo?

— Essa é a terceira noite, querido. Agora pare de se preocupar e durma um pouco.

Ela nem precisa me pedir, porque me sinto cansado o

tempo todo. Pode ser efeito dos remédios ou apenas resultado da cirurgia, mas sempre que fecho os olhos tenho a impressão de que horas se passaram até abri-los novamente. Em determinado momento, está tudo escuro e vejo apenas meu pai deitado no sofá. Sinto falta da minha mãe. Fecho os olhos por mais um tempo e, quando abro, a claridade já atravessa as persianas.

— Mãe?

— Já estou aqui, querido.

Fico mais tranquilo com sua presença. Sei que ela não vai deixar nenhum enfermeiro me dar remédios desnecessários nem vai deixar pessoas armadas entrarem no quarto. Abro os olhos e vejo expectativa nos olhos dos meus pais, mas ainda não tenho planos de começar longas conversas. Espero que tenham comprado palavras-cruzadas ou algo assim. Eu poderia fazer umas palavras-cruzadas agora. É mais legal que sudoku.

— Filho, vou aproveitar que sua mãe está aqui pra cuidar de algumas coisas — meu pai diz, parecendo hesitante. — Escuta, tem muitos jornais importantes interessados em falar contigo. Eu conversei com o hospital, então se você quiser...

— Estevan, não — diz minha mãe, com um olhar tão agressivo que me sinto mal por ele.

— Magda, eu só estou dizendo.

— Eu sei bem o que você está dizendo. Pode ir que eu cuido do João.

— Comprei os jornais do dia e deixei ali no canto, se você quiser ler, filho. Bem, até mais tarde.

— Tchau, pai.

Minha mãe olha para mim e aponta para os jornais, mas balanço a cabeça. Eu não preciso ler sobre o que aconteceu, porque eu estava lá. Não me importa o resto. O Victor se foi, então sou a única testemunha do que realmente aconteceu naquele quarto.

— João, nós não conversamos sobre isso ainda, mas eu imagino que você não vai querer voltar tão cedo pra onde tudo isso aconteceu. Pedi pro seu pai mudar as suas coisas de volta pro seu antigo quarto. Tudo bem pra você?

Só então percebo que ela está chorando. Ela sentiu a minha falta. Todo esse tempo ela deve ter pensado em como poderia me contar que gostaria de morar comigo novamente, então aceno com a cabeça e fecho os olhos pra evitar chorar junto com ela. Eu sinceramente não tenho fortes receios quanto ao meu quarto na casa do meu pai, mas agora consigo ver que a minha casa de verdade sempre foi onde minha mãe vive.

Quando suas mãos apertam as minhas, noto um adesivo de nicotina e fico pensando se ela teria feito promessa de parar de fumar para que eu sobrevivesse. O interfone toca e ela se levanta para atender. Ainda está muito cedo pra ser a Julia, então não estranho quando vejo um policial que pega meu depoimento pacientemente e vai embora. Mais tarde, o Cacá aparece, tão emocionado ao me ver que quase não diz nada. É estranho que, de todas as pessoas, o Cacá não consiga transformar seus sentimentos em palavras, mas fico feliz por ele ter vindo.

Recebo também tios, primos, gente querida, gente que eu não via há meses, gente que não sei quem é. Felizmente, todos são rápidos, pra dar espaço pra outros visitantes. Já estou cansado de acenar com a cabeça e dar sorrisos amarelados quando finalmente vejo a Julia entrar. Eu devia ter pedido pra minha mãe dar um jeito no meu cabelo. Tomei um banho de qualquer jeito com a ajuda dela — sim, fiquei de costas —, mas ninguém se lembrou de trazer um pente pra mim.

— João — é tudo que ela diz ao me ver, então se ajoelha perto de mim.

— Eu vou tomar um café e já volto — diz minha mãe.

— Eu trouxe a biografia do Jobs pra você — Julia continua. — Acho que você vai precisar de alguma coisa pra passar o tempo.

— Julia, você tá do meu lado?

— O quê? Do que você tá falando?

— Você tá do meu lado? Sim ou não?

— Sim, claro. Sempre vou estar do seu lado.

— Isso é sério.

— Eu sei que é.

— Eu pensei em você, sabe, quando eu tava caído no chão.

— Doeu muito?

— Não nessa hora.

— E depois?

— Depois, foi a pior dor da minha vida.

— Eu fiquei tão preocupada com você. Lembra quando eu disse que, com outros meninos, eu achava que tava gostando, mas depois percebia que não tava? Eu não quero que você pense nisso.

— Então não penso — digo brincando.

— João, eu te amo.

Nenhuma garota disse que me amava antes. Eu me sinto meio ridículo por não ter dito primeiro, mas sei que não tem razão, porque foi algo natural. É como se ela não tivesse como não ter dito isso agora, além de que fico feliz ao perceber como essas palavras me deixam mais confiante. Desde que acordei no hospital, em nenhum momento me senti melhor que agora.

— Meu cabelo deve estar uma merda — eu digo, fazendo ela rir.

— É só arrumar um pouco pros cachinhos voltarem — ela diz, mexendo nos meus cabelos.

— Mas os dentes eu escovei antes de você subir — eu digo, olhando para os lábios dela e sorrindo em seguida.

Beijá-la nunca foi tão bom. É como se eu nunca tivesse realmente apreciado sua boca, seu cheiro, o toque da sua mão. Sei que não estou em condições de fazer nada além de beijar, mas se não fossem os analgésicos acho que eu já teria puxado a Julia pra debaixo dos lençóis.

Quando nos afastamos, olho nos olhos dela e percebo que está faltando uma coisa.

— Acho que você deveria saber que eu te amo também. Isso significa que a gente está namorando?

— Sim — ela responde, rindo da minha falta de jeito.

— Fico feliz.

A doutora me deu quinze dias em casa, depois de quinze dias no hospital, mas a ideia de sair do quarto é absurda. O tempo todo fico com essa imagem na cabeça, de quando o Cacá me disse que o problema do Victor estava resolvido. "As armas eram de brinquedo." Eu fiquei tão feliz e aliviado por ter conseguido ajudar alguém, principalmente depois de ter ignorado meu amigo por tanto tempo.

Eu fui ridículo de pensar que deixaria um legado ao morrer, como se eu fosse especial ou como se as coisas que eu fiz fossem tão relevantes assim. Eu dei sorte, só isso. Se eu tivesse escutado minha mãe ao invés de ir ao programa do Jaime, quem sabe nada disso tivesse acontecido? De qualquer forma, continuo não ouvindo o que ela diz, me recusando a ir para a escola.

"João, não adianta se esconder embaixo das cobertas!", ela tem dito pra mim constantemente, e não é como se eu não concordasse com ela. É difícil explicar, mas eu simplesmente não vou sair do quarto. A ideia é repulsiva de uma maneira que eu nunca imaginei possível. Minha mãe já me ameaçou dizendo que ia impedir a Julia de me visitar, que não ia mais me trazer comida, mas aqui eu continuo.

Quatro batidas na porta é o código que combinei com minha mãe, pra eu ter certeza de que é ela.

— João, você tem visita — ela diz. — Posso deixar entrar?

— Quem é?

— Amigos da escola.

— Pediu pra eles deixarem as mochilas na sala?

— Você sabe que sim.

— Tá bom — respondo, mas não me levanto da cama.

Ela se afasta e diz algo para eles que não consigo ouvir, então a cabeça do Daniel surge pela fresta da porta.

— E aí, mano, posso entrar ou se eu colocar o pé aí dentro vai ativar uma arma a laser? — ele diz.

— Não é engraçado — respondo.

— Bem, tô entrando.

Atrás dele, vejo o Bruno e o Rodrigo, mas percebo que tem mais alguém. O Guilherme entra por último, deixando a porta entreaberta, como minha mãe deve ter solicitado. Sinto uma pontada de dor por onde a bala entrou, então aperto os olhos até passar.

— O que ele tá fazendo aqui? — pergunto ao abrir os olhos.

— Você não confia em mim? — pergunta Daniel.

— Não me faz pergunta difícil.

— A gente quer que você volte pra escola — diz Bruno.

— Vocês não entendem. Eu falhei. Vocês vão ficar melhor sem mim — finalizo com um sorriso amarelo, esperando que eles possam ir embora agora.

— Cala a boca, Indy — diz Rodrigo. Nunca o vi falando assim antes. — Onde você falhou? Fala onde!

— Eu falhei com todos. Eu achei que tava fazendo uma coisa boa, mas só deixei as coisas piores.

— Indy, se não fosse por você, tenho certeza de que eu não teria tido coragem de me assumir — diz Bruno.

— Bruno, você tá falando do que eu acho que você tá falando?

— Sim — ele responde. — Tá tudo bem. Todo mundo sabe agora.

— E quantas latinhas você vai ter que levar na cabeça pra eu me sentir mais culpado por isso também?

— Indy, já te mandei calar a boca — diz Rodrigo. — Nunca ouviu falar que as coisas ficam piores antes de melhorar? Você fez as pessoas se questionarem, e isso é sempre bom!

Eu quero responder, mas sinto a garganta apertada. Meus olhos estão marejados, assim como os do Rodrigo. Eu já esperava algo assim vindo dele, mas eu não quero que o Guilherme me veja assim.

— Posso falar? — pergunta Guilherme. — Indy?

— Pode — respondo com a voz firme.

— Você tem todos os motivos pra desconfiar de mim, mas depois daquele seu vídeo eu comecei a ver as coisas diferente.

— Que vídeo?

— O vídeo que você fez me desculpando e explicando algumas coisas.

— Ah, aquilo. Você não me deve nada. Se veio por isso, pode ir embora tranquilo.

— Indy — Guilherme continua —, eu sei que pode parecer loucura. Talvez se você tivesse falado aquilo tudo na minha frente, eu não tivesse prestado atenção. Na verdade, quando vi pela primeira vez eu não dei muita bola. Só que aí você foi parar no hospital e eu parei pra pensar que talvez você morresse (O que foi, gente? Pensei mesmo!) e tudo que ia ficar gravado entre a gente é o quanto eu fui babaca e o quanto você foi legal.

Não consigo evitar lembrar do Cacá nesse momento e de como ele provavelmente gostaria de ter tido a chance de se retratar. Não consigo nem quero esquecer tudo o que o Guilherme fez, mas isso não significa que ele não possa tentar consertar as coisas. O que posso dizer?

— Guilherme, você foi mesmo um babaca.

— Eu falei que ele não ia entender — diz Guilherme, olhando pro Daniel.

— Indy — começa Daniel —, a gente veio aqui com

uma proposta.

— Tudo bem — eu falo, tentando aliviar a tensão do que acabei de dizer.

— Se você voltar pra escola a partir de amanhã, eu e o Guilherme vamos entrar praquele seu esquadrão anti-*bullying*.

— Não é meu. É da Denise.

— Sem você, o esquadrão não vai acontecer.

— Como assim?

— Se você não voltar, nem a gente nem os outros alunos vão cooperar, então nada de esquadrão.

— Mas o que eu tenho a ver com isso?

— Tudo, e você sabe que eu tô certo. E aí, aceita?

— É tentador.

— Bem, você tem até amanhã — Daniel finaliza.

— Vai dar tudo certo, João, e se você tiver algum problema é só me ligar que eu saio correndo do trabalho e venho te pegar.

Minha mãe sempre soube como me motivar, desde que eu estivesse disposto. Ela sabe que eu não vou ligar, mas se dá ao trabalho de dizer que eu poderia, se quisesse, pra que eu me sinta melhor. O importante é que funciona; realmente me sinto melhor, então abro a porta do carro.

— Te amo, filho. Boa aula.

— Obrigado, mãe. Também te amo.

Quando chego na entrada da escola e vejo seu interior borbulhando de alunos, uma dor ameaça surgir no ponto onde a bala entrou, mas ela não se concretiza, então coloco um pé e depois o outro pra dentro. Respiro fundo e caminho até a sala de aula. Ao chegar à porta, recebo os olhares curiosos de todos os meus colegas.

— Indy! — grita Daniel. — Salvei sua carteira!

— Obrigado.

— Eu sabia que você ia vir! Quero ver só a cara do Guilherme!

— Por quê?

— Ele achou que você não viria. Até fez uma aposta comigo.

— O que ele apostou? — pergunto, achando a ideia divertida.

— Ele disse que ia pedir desculpas pra Mari na frente de todo mundo se você viesse. Sabe, por ser o pior ex-namorado do mundo.

— Essa eu quero ver. Inclusive, como ela ficou depois daquela história das fotos?

— Trocou de turma. Dizem que tá fazendo terapia também. Vai saber. De qualquer forma, obrigado por não me deixar na mão.

— Se eu não viesse, o que você ia ter que fazer?

— Eu ia ter que gritar no meio do pátio que eu sou um "amendobobo".

— O que é isso?

— Sei lá. Só sei que o Bruno e o Rodrigo vão ficar doidos quando chegarem.

— O Leo também topou participar?

— Não força, Indy. Um passo de cada vez.

— Tudo bem. Posso lidar com isso — respondo bem-humorado.

— Em compensação, o Jeferson tá dentro.

— O professor?

— Sim. Parece que a situação dele com a Denise ia ficar feia se ele não cooperasse cem por cento. Nem parece o mesmo professor.

— No caso dele, qualquer mudança é válida — digo, já feliz por ter vindo pra escola.

— Você é louca. Não precisava ter vindo — digo pra Raquel, mas não consigo evitar o sorriso.

Ela não me falou nada sobre viajar até aqui, então estou recebendo a minha melhor amiga de infância usando um pijama de *Pokémon*, porque hoje é sábado e porque eu gosto de *Pokémon*, e daí? Ainda bem que não estou mais tentando conquistá-la nem nada parecido.

— Eu fiquei muito triste, sabe — Raquel diz —, depois que eu te proibi de ir me visitar naquele fim de semana.

— Engraçado. Achei que você fosse dizer que ficou triste quando eu levei um tiro.

— Isso também — ela ri —, mas mesmo antes disso eu fiquei pensando se a gente nunca mais ia se ver.

— Eu não morri, o que é um grande avanço nessa questão.

— Mas e o coraçãozinho, como está? — ela provoca.

— Acho estranho falar sobre isso com você, mas eu e a Julia estamos bem. Isso basta?

— Eu fico feliz de te ver assim, com os olhinhos brilhando só de falar o nome dela — ela diz olhando nos meus olhos, então eu sei que ela está sendo sincera.

— Ela é demais. Só espero que ela queira ficar comigo depois de perceber que eu não sou tão especial assim.

Levanto da cama e me sento na cadeira do computador pra ver a foto da frente da casa do Guilherme. Será que eu seria capaz de algo tão espontâneo quanto pichar um muro? Tudo que eu fiz de extraordinário esse ano ou foi sem querer ou por instinto. Nunca premeditei algo como sujar os corrimões da escola de *ketchup*, por exemplo, por mais que isso não fosse resolver muita coisa no meu caso.

— João, não sei se você vai se lembrar, porque já faz tempo. Era minha festa de doze anos e todos os meus colegas da escola foram. Tentei dividir a minha atenção como eu podia, mas eu simplesmente não me interessava pelos mesmos assuntos que a galera. Toda aquela gente tentando parecer mais velha do que realmente era. Teve um menino que começou a se gabar porque tinha fumado um cigarro do pai. Ridículo.

— Sei como é — eu digo, porque realmente sei como é não ter os mesmos interesses que a maioria dos garotos da sua idade.

— Foi aí que eu percebi que não tava te vendo em lugar nenhum e saí pra te procurar. Quando te achei, você tava na área descoberta, debruçado no chão, observando as formiguinhas carregarem folhas pra lá e pra cá. Você não tava preocupado em parecer mais velho ou fingir ser uma coisa que não era, então eu me sentei ao seu lado e fiquei quase a noite inteira.

— Ser diferente não significa ser especial — digo timidamente.

— Ser especial é relativo. Eu acho que você é um amigo sincero e compreensivo. Além disso, você aceitou a responsabilidade de representar algo muito maior que você com toda essa história de *bullying*. Eu nunca levei um tiro pra saber como é, mas imagino que seja péssimo, e nem isso te parou. Pra mim, você é demais.

Eu ainda acho que não sou lá grandes coisas, mas preciso aceitar a confiança e a responsabilidade que depositam em mim. Não por querer fama e glória, mas porque, depois que os meninos foram embora do meu quarto naquele dia, eu senti uma chama se reacender aqui dentro. A mesma chama que se acendeu quando minha vida começou a mudar e até hoje me impede de aceitar calado as coisas como são.

Posso não ser psicólogo nem professor, mas não vou deixar isso me impedir de fazer o que me cabe. Se eu posso influenciar pessoas para o bem, é isso que eu vou fazer. Se cada um fizesse a sua parte, tenho certeza de que o mundo seria um lugar muito melhor. Afinal, algumas pessoas são más com as outras simplesmente porque não entendem como afetam as pessoas ao redor.

Acho que uma parte de mim gostaria de voltar a ser do tipo que se esconde atrás de uma pilastra, mas não dá pra ajudar alguém isolado no meu canto. Por isso, sei que é uma coisa boa, a certeza de que nunca vou me esquecer do Victor. Agora ele faz parte de mim e de cada pessoa que conhece a sua história. Quando fecho os olhos, quase posso ouvi-lo dizendo que algumas passagens são só de ida.

AGRADECIMENTOS

Escrever um livro é uma tarefa complicada para um único par de olhos. Dito isso, "Por que Indiana, João?" não teria sido o que é sem os leitores beta. Gabriel Utiyama foi o primeiro a ler e me ajudou com o tom do livro, enquanto Emanuelle Najjar foi pontual, me apontando todas as pequenas incoerências. Augusto Assis me prendeu na cadeira e me ~~forçou~~ inspirou a escrever os capítulos finais, enquanto minha mãe, Marlene, leu tudo em algumas horas e deu a sua benção. Cesar Sinicio e Daniel Affonso são meus amigos há tanto tempo que eu faria uma tatuagem por eles, por isso, além de fazer apontamentos, me ajudaram a manter os pés no chão.

Também agradeço aos escritores Felipe Castilho e Jim Anotsu que, ainda envolvidos em seus próprios projetos, tomaram seu tempo para me ajudar e ainda permitiram usar seus comentários.

Para concluir essa narrativa, muita pesquisa foi necessária para entender além da minha experiência sobre *bullying* e procedimentos médicos. Tive a ajuda da Fabiana Laurentino, que se encontrou comigo para falar sobre mediação nas escolas, enquanto ocupei a Regina Sinicio por um bom tempo no telefone, discutindo várias possibilidades de internação em um hospital.

Se algum erro estiver presente, quer dizer que eu deveria ter discutido mais.

Minha eterna admiração para meus editores Walter Tierno e Simone Mateus, que me deram todo o apoio para que este livro fosse o melhor possível, à Lúcia que se provou uma excelente fotógrafa e ao Vitor que é o melhor ilustrador que eu poderia querer para fazer a capa.

Por fim, agradeço a todos os fãs do meu trabalho no *Cabine Literária* pelo carinho, incentivo e energia demonstrados antes, durante e depois da conclusão do livro.